KB119819

교토의 햇살을 간직해 -☼-

오래 보아야 아름다운 도시
교토에서 만난 작은 여행

현봄이 지음

"무리하지 않는 사람이 되고
싶어 잠시 떠났습니다"

# 교토의 햇살을 간직해

京都の日差しを心に秘めて

위즈덤하우스

**일러두기**

본문에서 언급하는 현지 음식들은 표준국어대사전 외래어 표기 용례를
따르지 않고 국내에서 관용적으로 쓰는 명칭으로 표기했습니다.

프롤로그

## 사랑하는 도시의 햇살을
## 간직한 사람들에게

나에게 교토를 떠올리는 일은 어느 그리운 이를 떠올리는 것과 같다. 사랑은 늘 평범한 날에 생겨났다. 만개한 꽃나무 아래에서 간식을 꺼내 먹고, 초록이 즐비한 숲에서 사라지는 열차를 바라보는 것. 선선한 바람에 큰 숨을 들이마시고, 차가운 마루를 밟은 발가락이 양말 속에서 꿈지럭 대는 일. 모든 계절에 심어둔 사랑을 바구니 한가득 수확해 이렇게 글로 옮겼다.

왜 교토여야만 했을까. 20대가 끝나갈 무렵 교토를 처음 만났고, 30대는 온통 교토였다. 일본뿐 아니라 여러 나라의 다양한 도시에 가보기도 했다. 그중 마음 깊이 들어와 여러 번 다시 찾은 곳도 있고, 다음을 기약하는 곳도 있었다. 대부분의 도시를 진심으로 좋아했지만 교토를 좋아하는 마음과는 다른 종류였다. 어

5

느 곳에 가더라도 그 끝에는 교토에 가는 상상을 하고는 했다. '교토에 가고 싶다'라는 말은 '여행을 가고 싶다'와는 조금 다르게 새어나왔다.

교토는 일본 내에서도 가장 사랑받는 관광 도시다. 관광지뿐 아니라 도시의 습성이나 문화도 매력적이라 좋아할 만한 이유를 고르라면 모든 사람이 다른 답을 내놓을 정도로 넘친다. 내가 교토를 좋아하게 된 건, 이런 것들보다는 개인적인 감정일지도 모르겠다. 가장 힘든 날 도시에게 위로받고, 삶의 선택지에서 고민될 때에도 교토에 갔다. 기쁨을 누리는 일도 교토가 함께였고, 짧은 영광이나 성취 또한 교토의 몫이었다. 그 바탕에는 사시사철 아름다운 도시가 단단히 버티고 있었다. 계절 색이 또렷이, 반짝거리는 배경 속에서 만난 모든 상냥한 사람들과 정감 있는 소리, 곧게 선 골목길과 폭신하고 달콤한 것들.

가장 사소한 것이 가장 중요하다는 것 또한 여행에서 배웠다. 혼자 찾아온 낯선 도시에서 스스로 길을 찾고 위기를 극복하는 일은 '나'와 가까워지는 시간으로 발전했다. 나를 행복하게 만드는 일은 곁에서 일어나는 아주 사소한 것들이 대부분이며, 나를 구성하는 감정은 모두 나로부터 시작되고 존재해도 된다는 것. 교토를 여행하는 시간이 늘어날수록 나는 나를 위한 선택을 하는 일이 많아졌다. 삶에서 찾아오는 여러 전환점에 가장 시기적절하게 만난 운명의 여행지가 아닐까.

회사를 그만두고 마음이 풍요와 여유로 넘치던 시절에 이 책을 시작할 뻔한 적이 있다. 여러 차례 난관을 겪고 멀리 흘러 오늘까지 왔다. 지나간 10년 치 교토 이야기를 떠올리니 어쩌면 가장 적합한 때에 털어놓는 건지도 모르겠다는 생각이 들었다. 어디로 가야 하는지, 갈 수 있는지, 가도 되는지 망설이고 외로워하던 순간마다 나의 가장 큰 위로가 되어준 도시에 관한 기억을 열어본다. 내가 겪은 가장 눈부신 여행의 순간을 꺼내본다. 다시금 교토가 길잡이가 되어 지지해줄 수 있도록.

이 책이 교토에 대한 친절한 설명서가 되지는 못하겠지만, 누군가에게는 가장 가까이 머무는 계절 친구가 되었으면 한다. 사랑하는 도시의 햇살을 마음에 간직한 어느 먼 사람에게 무사히 도착하기를.

2024년 봄날에
현봄이

# 차례

# 여름

# 가을

# 겨울

# 봄

단지 봄이라는 사유 하나로
자꾸만 실없는 웃음소리가 나풀거린다.
다정하게 익은 온기가 도처에서 피어나는 계절,

봄이 왔다.

# 안정

풍경이 전해주는 안정감이 있다.

안정이라는 단어는 '안전'보다 색채가 풍부하게 느껴진다. '안온'보다는 이성적인 느낌이 든다. 입술을 움직여 안-정-, 하고 말할 때면 온전하고 차분하게 이루어진 무언가가 머릿속에 떠오른다. 그것들은 마음을 차갑지도 뜨겁지도 않은 미지근한 상태로 유지시켜준다. 타오르듯 열정적이지 않더라도, 매서운 눈으로 바라보지 않더라도, 안정은 언제나 가장 평안한 것을 가져다준다.

공항까지 오는 길은 언제나 전쟁통이나 북새통 같은 말을 떠올리게 한다. 길게 늘어선 행렬과 시끄러운 분위기, 아무것도 잘못하지 않았어도 어쩐지 두려운 표정으로 서게 되는 길들. 그 모든 것들을 무사히 통과하고 나면 그제야 내 두 다리가 서 있는 곳이 어디인지, 나는 어떤 목적으로 하늘을 날아 먼 곳으로 왔는지 실감이 난다. 간사이 공항에 도착해 인파를 뚫고 열차를 기다리는 시간, 여행의 시작점이다.

보통 공항에서 교토역까지는 약 80분가량의 특급열차로 이동한다. 이름은 하루카, 헬로키티가 그려져 있어 '키티 열차'라고도 불린다. 열차에 앉아 바깥을 보고 있으면 이곳에 다시 왔다는 애틋함과 평화로움이 동시에 찾아온다. 어릴 때부터 일본 영화나 드라마를 자주 보았다. 극의 주인공이 걸었을 법한 거리가 숱하게 지난다.

20대에는 막연한 동경심으로 워킹 홀리데이 비자에 여러 번 지원했지만 번번이 떨어졌다. 확실한 불합격 사유는 알 수 없었지만 비자 대행사에서 말하기를, 내가 나이가 많고 대학을 졸업했기 때문일 수 있다고 했다. 나와 비슷한 조건을 갖고 있는 경우 불법 체류가 우려되어 탈락할 가능성이 높다는 답변을 받았다. 당시 일본 워킹 홀리데이의 인기는 대단했다. 거리가 멀지 않은 국가였고, 엔화는 1,300원 수준이었다. 최저 시급도 당시 국내와 차이가 컸다. 몇 번의 고배를 들고 결국 마음을 접었다. 언젠가 돈 많은 어른이 되면 실컷 놀러나 가자고 다짐했다.

하루카에 앉아 있으면 꼭 그때가 기억난다. 돈 많은 어른은 되지 못했지만 여행에 돈을 아끼지 않는 어른은 되었다. 살아온

기억을 창밖 풍경에 실어서 빠르게 흘려보낸다.

　오랜 기다림 끝에 탄 열차는 거의 만석이었지만 운 좋게 자리 하나를 찾았다. 마침 창가였다. 이제부터는 안정과 평온, 그리고 애틋함까지 가져다주는 풍경 한 편을 감상하는 일만 남았다. 지금부터 80분 동안 아무것도 고민하지 않는 상태로 여유를 누리는 일만 기다린다.

　열차가 공항을 떠나자마자 창문 밖으로는 간사이발 하루카 열차의 영화의 막이 오른다. 너른 바다를 건너 들판을 지난다. 서로 키가 비슷한 작은 집들이 이어지고 멀리에는 푸른 산이 보이기도 한다. 높은 건물이 늘어나고 빠르게 훑고 지나는 이름 모를 역에 사람이 많아지면 오사카쯤 왔다는 뜻이다. 곧 다시 먼 숲을 스쳐 지나 낮은 집이 이어진다. 큰 밭이 있는 집에서는 어떤 걸 키우고 있을지 상상해본다. 얼굴에 맺힌 구슬땀과 볼을 간지럽히는 미소를 떠올린다.

　골목길에, 편의점 앞에, 육교 위에, 횡단보도를 건너는 사람 중에, 어디에나 내가 있다. 나의 어제와 오늘, 그리고 앞으로 있을 여행의 모든 나날이 한 컷 한 컷, 스쳐간다. 점점 교토가 가까워진다.

　하루카 영화의 에필로그. 바쁘게 내리는 사람들 사이에 잠시 기다렸다가 짐을 뺀다. 무거운 캐리어를 성큼 들고 열차에서 내리면 조금 흩어진 인파 속에 남아 기념사진을 찍거나 기쁜 얼굴로 두리번거리는 사람들과 마주친다. 그 웃는 얼굴을 보고 입꼬리가 올라갈 때의 기분이 참 마음에 든다.

여기는 나의 가장 행복한 도시, 나의 가장 평화로운 도시. ようこそ。京都へ。어서 오세요. 교토에.

# 첫눈에 사랑에 빠지는 일

"봄이 다음 달에 휴가 쓸래?"

시작은 어느 날 갑작스럽게 찾아왔다. 내가 다니던 회사는 명절도 공휴일도 없이 일을 했다. 남들처럼 황금연휴나 금요일 연차 같은 걸 누리기 어려웠다. 그러니 1년에 단 한 번뿐인 휴가는 한 해의 가장 특별한 이벤트이기도 하다.

이 여행은 혼자 떠나야 한다고 생각했다. 혼자 하는 여행은 스물세 살 때 '본의 아니게' 딱 한 번 경험해본 적이 있다. 종일 지루하고 심심해서 내 인생에 두 번 다시 이런 일은 없을 거라고 생각했다. 그런데 이번에는 조금의 고민도 없이 혼자 있는 것을 택했다. 매일 많은 사람들에게 치이고 시달리며 지냈다. 그 누구의 간섭도 참견도 없는 나만의 시간이 절실했다. 그렇게 나는 단 한

장의 항공권을 끊었다.

간사이 지역에 가는 것은 처음이었다. 일본 여행이라고 하면 대부분 도쿄 여행을 먼저 떠올리던 시절이었다. 간사이에서 가장 큰 도시인 오사카는 따지자면 우리나라의 부산과 비슷한 분위기라고 했다. 맛있는 음식이 많아 먹다 죽을 수도 있다는 무시무시한 문구도 있었다. 오사카에 숙소를 두면 고베, 나라, 교토와 같은 근교로 이동하기도 쉬웠다. 그 모든 곳에 가는 계획표를 완성했다. 극기 훈련마냥 빠듯한 일정이었다. 아침 7시 기상, 하루에 2~3끼의 식사는 철저한 사전 조사를 통해 리스트업했다. 동선은 치밀했고 혹시 모를 상황에 대비해 2안까지 준비해 놓았다.

여행 첫날부터 일정을 거의 100퍼센트에 가깝게 소화했다. 체력과 열차 배차 시간 등 모든 요소를 고려해서 만든 계획은 견고하고 만족스러웠다. 그리고 3일 차에 교토에 갔다. 가이드북에서 말하기를 '한적하고 역사적인 문화재가 많은 조용한 관광도시'라고 했다. 아무리 읽어봐도 감이 잘 오지 않는 문장이다. 한적하고 조용한 관광도시라는 게 가능한 말인가? 한국의 경주와 자주 비교가 되는 곳이었다. 문화재를 보는 것과 역사를 들여다보는 일에 흥미를 느낄지 어떨지 반신반의한 채 교토역에 도착했다. 막 도착한 교토역은 그동안 봐온 어느 시내의 중심 역에 조금도 뒤떨어지지 않았다. 거대하고 현대적인 역 한가운데 선 채 한참을 어디에서 '역사의 흔적'을 느껴야 할지 어리둥절했다. 게다가 역 바깥에 서 있는 교토 타워는, 이상하게 생겼다. 이 생경함에 교토의 첫인상은 썩 좋지 않았다.

오늘의 일정은 교토 초심자가 꼭 가야만 한다는 '청수사'를 시작으로 '은각사' '철학의 길' '요지야' '기온 거리' '가모강' 순으로 준비되어 있었다. 교토역에서 탄 버스가 청수사 근처 정류장에 도착했을 때, 내려서 첫발을 내딛자마자 이 일정이 망할 것을 직감했다.

미래 도시처럼 생긴 시내의 역은 완전히 페이크였다. 나무로 지은 오래된 상가가 청수사로 오르는 길 양옆에 가득했고 초록의 담쟁이가 가득한 벽, 돌을 가득 쌓아 올린 담장, 물바구니, 집집마다 내놓은 작은 화분들… 여유를 찾을 수 없는 일정표를 맞추기에는 눈길과 걸음이 동시에 멈추는 곳이 너무 많았다.

처음 본 청수사는 아름답다 외의 표현할 수 있는 말을 찾기 어려울 정도로 예뻤다. 다른 지역에서 봐온 절과는 비교가 되지 않았다. 신발을 벗고 경내에 들어가보고, 내부에 있는 다른 신사에 들어가 돌 사이를 눈 감고 걸으며 소원을 빌었다.―눈을 감고 바위 사이를 오갈 수 있으면 사랑이 이루어진다는 지슈 신사의 속설이 있다―밖으로 나와 은각사로 이동할 버스를 타러 가던 중에 산넨자카 앞에서 다시 멈췄다. 이건 2안에도 3안에도 예상하지 못한 일이었다. 넘어지면 수명이 단축되는 길이라는 말에 그냥 앞이나 똑바로 보고 걸으려고 했다. 가게마다 관광객을 유혹하는 기념품이 넘쳐났다. 나는 이렇게나 작은 물건에 크게 동요하는 사람이었던가. 그동안 알지 못했던 새로운 내 모습이 속에서 꿈틀거렸다. 콸콸 쏟아지듯 움직이는 인파 속에서 갑자기 선택의 기로에 섰다. 짧은 고민을 마치고는 일정표를 구겨 가방에 넣어버렸다. 청수사에서부터 기온까지 시간을 잊은 채 돌아다녔다. 영화에서만 보았던 마이코를 실제로 보기도 했다. 전부 비슷하게 생겼지만 하나하나 달랐던 골목을 실컷 누볐다. 한참을 걷다 시계를 보니 아직 은각사에는 갈 수 있을 것 같아 일단 버스에 올랐다. 이미 한 번 진이 다 빠지도록 집중한 뒤라 큰 기대를 하지 않았지만 은각사에서도 끊임없이 중얼거렸다. "어머, 이건 도대체 어떻게 만든 거야." "이끼를 따로 키우나?" "모래를 그어서 그림을 그린 건가???" 교토, 여기는 도대체 뭐지?

슬슬 날이 어두워지기 시작했다. 종일 홀린 듯이 다녔더니 몸이 힘없이 흐물거렸다. 일단 오사카 숙소로 돌아와 다음 날 일정을 버리고 다시 교토로 갔다. 가야만 했다. 어제 못 본 강가에 가고, 유명하다는 카페에 앉아 시간을 보냈다. 샛강이 길게 난 기야마치를 걷고, 장어 덮밥을 먹었다. 온종일 기분이 좋았다. 단지

이곳에 머무는 것만으로도 행복해졌다. 이런 감정은 다른 어디에서도 느껴본 적이 없다. 그때 정했다. 나는 언제든 여기로 돌아오겠다고. 그렇게 될 것이라는 확신이 들었다. 이상할 정도로 경건한 마음이었다.

내 첫 번째 교토 여행, 2013년 5월의 일이다.

# 나를 지킬 사람이 오로지 나뿐이라면

회사 생활은 아무튼 불행했다. 돌이켜 생각해보면 사회생활을 잘해왔는지도 모르겠다. 늘 겉돌았다. 당시에 친한 동료들은 있었지만 회사를 떠난 후 남은 사람은 거의 없다. 대학에서 전공한 분야를 직업으로 택했다면 조금 나았을까. 다른 방향으로 20대를 살 수 있었을까.

월급쟁이라는 건 안정적이기 때문에 중독성이 강하다. 비슷한 일을 끊임없이 해내면 되는 것뿐이고, 이번 달에도 다음 달에도 적지만 고정적인 돈을 받을 수 있었다. 충분히 안도하고 지내도 괜찮았다.

나는 서비스직에 종사했다. 좋은 손님들도 많았지만 나쁜 손님도 많았다. 외국인 고객이 늘어나며 내가 하던 업무도 예상하

지 못한 쪽으로 늘어났다. 가이드의 비위를 맞추거나 보따리 상
인을 관리해야 한다거나. 잘 통하지 않는 언어로 언쟁을 하고, 근
무 중에 큰 소리가 나는 일이 점점 더 잦아졌다.

한번은 어떤 손님과 마찰이 생겼다. 클레임 전화를 응대하
던 중 상대방이 내게 심한 욕설을 했고 거기에 발끈해 "욕하지
마세요"라고 한 것이 화근이었다. 남자는 나를 가만두지 않겠다
며 다음 날 회사로 찾아와 소란을 피웠다. 남자의 말에 따르면
내가 받는 월급에는 손님이 욕을 해도 참아야 하는 수당이 포함
되어 있다고 했다. 금시초문이었다. 또 언젠가 어떤 아주머니는
화를 참지 않고 인신공격에 가까운 말을 했다. 결국 내가 눈물을
보이자 꼴도 보기 싫다며 '저거' 치워버리라는 말로 마무리됐다.
비상식적인 사람은 세상에 너무나 많았고, 그럴 때마다 계단에
앉아 우는 날이 늘어났다.

나는 지금 뭘 하고 있는 걸까. 버려진 강가에서 쓰레기와 함
께 떠다니는 기분이었다. 삶에서 중요한 것들을 모두 잃어버린
것 같았다. 웃음소리도 울음소리도 점점 커졌다. 극단적이고 드
센 사람이 되어가고 있었다. 그냥 쭉 여기에서 이대로 살아가도
괜찮은 걸까.

같은 시기에 나는 연애를 하고 있었다. 우리는 이미 오래전
부터 소원했지만 곁을 차지했다. 멈추어 있었다는 쪽이 더 가까
웠다. 언젠가의 사랑하던 기억을 함께 갉아먹으며 지냈다. 서로

를 괴롭히는 만남을 지속하던 어느 날. 문득 정신이 들었다. 그를 보내주어야겠다. 그에게서 나를 놓아주어야겠다. 우리에게 이별은 스스로에 대한 보호이자 마지막 남은 최선의 사랑이었다. 서로를 기쁘게 할 수 없는 사이였고, 함께 행복해지는 일은 더는 우리에게 남아 있지 않았다. 길었던 인연은 한순간에 끝이 났다.

허전해진 시간은 교토에 찾아가는 것으로 채웠다. 그때만이 내 유일한 쉼이었다. 강변에 앉아 한없이 마음을 쏟아냈다. 몸을 던질 수 없었으니 마음이라도 도려내어 던졌다. 슬픔이 강물을 타고 내게서 멀어지는 걸 보고 있으면 한결 가벼워졌다. 나에게 유일한 구원은 교토로 떠나는 일뿐이었다. 짐을 싸는 횟수가 늘어날수록 점점 내 안에는 서로 다른 두 사람이 살기 시작했다. 현실에서 불온한 기분을 버티는 나와 교토에 와서야 크게 숨을 쉬는 나.

그즈음의 여행은 서글펐고, 느렸고, 아팠다. 흘려보내고, 털어내고, 이윽고 일어서는 모든 과정을 교토에서 보냈다. 두 다리가 힘을 되찾고 단단히 버티게 되었을 때, 이후 남은 생의 모든 선택을 내가 행복해지는 일에만 쏟기로 했다. 하나의 나를 택하는 것. 답은 정해져 있었다.

퇴사 얘기가 마무리되고 총 38일 일정의 간사이행 항공권을 끊었다. 가서 질리도록 머물고 사진을 찍자. 긴 여행이 끝날 때쯤

에는 더 이상 여러 개의 얼굴을 가질 필요도 없다. 좋아하는 일을 하는 사람이 되어 돌아올 수 있다. 나를 해치는 일에 시간과 마음을 소모하지 않을 것. 남은 생은 오로지 나만을 위해 살아가자.

출발하던 날 비가 내렸다. 비행기 창문을 툭툭 두드리는 빗방울에 지난날이 씻겨 내려갔다. 어떤 슬픔도 더 이상 내 앞에 멈춰 나를 주시하지 않고 지나간다. 밤하늘에는 따뜻하게 반짝이는 별이 스쳤다.

서른넷이었다. 너무 늦었다는 말을 오천 번쯤 들었지만 남들이 그렇게 말할수록 더 달려들었다. 행복해질 기회가 수십 번도 더 남아 있을 것이 분명한 나이였다. 10년이 흐른 후 비슷한 상황에 놓여도 나는 같은 결정을 했을 것이다. 나를 지킬 사람이 오로지 나뿐이라면.

봄이 오고 있어.

걱정하지 마.
이 멋진 계절에
타는 아주 오래 머무르게 될 거야.

## 제 버킷리스트는요

한달살이에서 내가 꿈꾼 몇 가지 자질구레한 소망.

에어비앤비에서 내 집처럼 생활하기.
마트에서 장보고 직접 요리하기.
숙소에 꽃 사다두기.
늦잠 자고 빈둥대는 여유 부리기.
노트 들고 카페에서 멍 때리기.
놀이터에 앉아서 주먹밥 먹기.
정기권 교통카드 만들기.
단골 아침 카페 선정.
동네의 작은 목욕탕 가보기.
가모강 피크닉.

# 봄날의 러너

가라스마오이케역 근처에 짐을 풀었다. 니조성과 가깝고 번화한 거리와도 그리 멀지 않은 동네. 안쪽에는 궁금한 가게들이 여기저기 숨어 있고, 대로변은 환하고 밝아 안전해 보이는 곳. 집은 마트와 가깝고 높은 층에 있어 바깥이 훤히 내다보였다. 뻥 뚫린 하늘과 길게 뻗은 도로를 보고 있으면 절로 시원해졌다.

교토에 도착해서 가장 먼저 러닝화를 하나 샀다. 옷을 갖춰 입고 러닝화를 신은 나를 거울로 비춰보고는 제법 운동 잘할 것처럼 생겼다고 생각했다. 나는 항상 달리는 사람에 대한 동경을 갖고 있었다. 자유인과 달리기의 조합은 어쩐지 너무 멋지다. 그동안은 일을 핑계로 제대로 운동을 하지 못했지만, 시작한다면 지금처럼 좋은 기회가 또 있을까.

첫 번째 코스는 니조성 둘레의 러닝 코스다. 낮에는 성을 관람하는 사람들로 붐비지만 저녁에는 동네의 러너들이 이곳저곳에서 달려 나온다. 도로와 연결된 코스이기 때문에 나란히 달리던 사람들이 갑자기 사라지기도, 또 어디선가 새로 나타나기도 했다. 하지만 성대하게 품었던 러너의 꿈은 약 3분 만에 실패했다. 당연한 결과다. 학창시절 100미터 달리기 이후 단 한 번도 제대로 달려본 적이 없었다. 쉼 없이 뛰는 것이 얼마나 힘든 일인지 까맣게 잊고 있었다. 다음 날은 러닝 앱에서 시키는 초급자 루틴을 들으며 적당히 뛰고 걷기를 반복했다. 땀 흘리고 돌아와 샤워를 하고, 시원한 맥주를 한 캔 마시는 기분은 최고였다. 팔다리 어디 하나 아프지 않은 곳이 없었지만 개운했다. 꽤 재밌는 취미가 생겼다.

두 번째 코스는 집 바로 옆에 있는 호리카와강 산책로다. 아침 일찍 일어난 날이면 사람이 붐비는 거리보다는 한가한 강변이 더 달리기 좋았다. 차가 다니지 않고 간혹 강아지랑 산책 나온 사람이 전부인 길이었다. 게다가 이곳은 활짝 핀 겹벚꽃으로 가득했다. 바람이 불어올 때마다 꽃이 비처럼 쏟아졌다. 작은 다리 위를 지나가는 자전거가 딸랑 소리를 내고, 나들이 나온 근처 유치원 아이들이 소란한 소리를 냈다. 사실대로 말하자면 아침 러닝은 이 풍경을 내버려둘 수 없어 제대로 달리지 못했다. 순간순간마다 시선을 빼앗겼다. 걸음도 함께 멈췄다. 휴대폰으로 사진을 담고, 영상을 찍고, 그러다 보면 러닝 앱에서 독촉하는 말이 들려왔다. 여러 번 혼이 난 이후에야 다시 움직였다.

아침에도 저녁에도 정말 열심히 달렸다. 숨이 차고 다리가 후들후들 떨릴 때까지 달렸다. 잡생각 하나 없이 개운해지는 일은 오랜만이었다. 낮에는 카페를 찾아다니며 설탕이 잔뜩 들어간 디저트를 먹고, 저녁에 달릴 때면 오늘 먹은 것들을 떠올리며 더 힘껏 발을 굴렸다. 그 결과 불변의 법칙 같던 '1여행 2~3킬로그램 증가'라는 과거를 청산하고 체중 유지라는 미약한 성과를 거둘 수 있었다. 아니, 매일 얼마나 땀 흘리며 뛰었는데 왜 그대로지? 잠시 의문을 가졌지만, 정답은 모두 내 사진첩에 들어 있다. 변명의 여지가 없다.

상쾌한 아침 공기와 선선한 저녁 바람을 마음껏 쐬며 나는 새로 살아가는 삶을 마주했다. 더 이상 회사 일에 지끈거리지 않아도 됐고, 나를 찾는 전화나 메시지에 마음 졸이며 휴대폰을 열지 않아도 괜찮았다. 숨을 몰아쉬고 눈을 질끈 감으며 이 감격을 누렸다. 비록 난 멋진 러너는 되지 못했지만, 생에 이토록 멋진 결정을 한 적이 없었다.

이곳은 완연한 봄날이다. 스스로 찾아낸 따스한 삶의 정경이다.

# 봄에만 생기는 취미

공원에서 한 남자와 마주쳤다. 그는 자전거를 세우더니 그대로 풀썩 잔디에 자리를 잡고 앉아 책을 펼쳤다. 평소에 다른 사람에게 큰 관심 없이 지내지만 이런 계절에는 괜히 궁금해진다.

어떤 사람일까? 20대 후반쯤 되어 보인다. 회사원 같기도 하고, 이런 대낮에 나온 걸 보면 아닌 것 같기도 하다. 취업을 준비하는 학생일지도 모르겠다. 어쩌면 나처럼 한가한 한량일 수도 있다.

봄이 오고 꽃이 피면 마음이 둥실거린다. 모르는 사람에게 말이라도 걸어볼까 두근거리는 계절이다. 자전거를 타고 강에 나와 책 읽기 좋은 자리를 찾는 오후. '지금 이 순간 참 아름답지 않나요?' 소심하게 속으로만 말을 걸었다. 강 맞은편에는 강아지를 데리고 산책하는 부부가 지나간다. 작은 개는 호기심이 많아 여기저기 바지런히 기웃거린다. 그럴 때마다 주인은 잠시 멈추고 기다려주었다. 신이 잔뜩 난 강아지가 쫄래쫄래 걸어 다니는 모습이 작은 솜뭉치처럼 귀여웠다. 남자도 같은 풍경을 잠시 바라보다 책으로 시선을 돌렸다. 나도 다시 걸음을 이어갔다.

어느 커플이 앉은 피크닉 매트 위에는 간단하게 준비한 샌드위치와 음료수가 올려져 있었다. 커플은 시종일관 즐겁게 속닥거렸다. 가모강에서 빵을 먹으면 매가 날아와 채간다는 얘기를 들은 후 단 한 번도 강가에서 무언가 먹을 시도를 해본 적이 없다. 새를 세상 어떤 존재보다 무서워하는 나 같은 사람은 절대 도전할 수 없는 일이다. 하지만 수변 공원에서 마주 앉아 즐기는 봄날의 피크닉은 한 번쯤 해보고 싶은 일이다. 그들이 화담을 나누는 동안 다행히 매는 날아들지 않았다.

봄 내음이 바람에 실려 오던 날, 천천히 걷고 여러 번 멈추고 한 번씩 잔디밭에 앉았다. 몸을 살짝 기대고 고개를 들면 하늘 대신 벚나무로 시야가 가득 찬다. 여기에서 짧은 잠이 든다면 어느 순간 볼에 내려앉은 꽃잎이 간지럽히며 잠을 깨워줄 것 같다. 책장 사이에 이파리 하나를 담아 언젠가 이 책을 다시금 펼치는 날 나에게 우연히 봄을 선물하고 싶다. 꽃비가 내릴 때에는 손을 내밀어야겠다. 혹시라도 꽃잎을 잡는다면 달걀을 쥐듯이 살살

접고, 천천히 한 손가락씩 펼치게 되겠지. 마음은 꽃나무보다 더 붉게 물들 것 같다. 상상 속에서도 꽃향기가 난다.

긴 겨울이 지나고 단단한 가지 위에 주렁주렁 매달린 꽃을 보면 훌쩍 자란 어린아이를 보는 것처럼 기특하고 마음이 따끈따끈해진다. 올해도 어김없이 폈다. 단 한 차례도 거르지 않고 다시 이렇게 찾아온다.

그래서 더 반가운 걸까, 이 계절은.

문득 아까 그 남자가 읽던 책이 궁금해진다. 커플이 무슨 대화를 나눴을지도 궁금해진다. 산책하던 강아지의 이름도, 눈앞의 벚나무가 몇 살쯤 먹었을지도, 다리를 지나던 사람들은 어떤 사진을 찍었을지도.

봄날에는 시시하게 궁금한 안부도 참 많다.

# 산책길에 든 생각

작은 동네 어귀의 꽃길에서, 걸음을 멈추었다. 그러고는 가장 오래 삶을 나누게 될 사람을 떠올렸다. 나의 유일한 존재가 될 사람은 분명 야마시나를 사랑하게 될 것이다.

생을 함께 보낼 사람이라면 역시 봄에 곁을 내어주는 사람이 좋겠다. 함께 본 계절의 경취를 마음에 아로새길 수 있는 사람이 좋겠다. 우리가 오래도록 나누는 봄의 추억에는 자주 '아름답다' '따스하다' '다정하다'와 같은 가볍게 총총거리는 단어가 등장하면 좋겠다. 그런 사람과 함께 이 길을 걷고 싶다.

山科, Yamashina

# 산중 정원

가든 뮤지엄에 가는 날. 일정을 정해놓은 순간부터 기분이 들떴다. 아침에 눈을 뜨자마자 오늘 마주하게 될 것들을 떠올렸다. 산 중턱에서 보게 될 정원의 꽃과 멀리 내려다보이는 아래의 정경. 그뿐 아니라 집을 나서고 돌아오기까지. 좋아하지 않을 구석이 하나도 없는 날이다.

이 여정은 일단 에이잔 열차叡山電鉄에 탑승하는 것으로 시작한다. 에이잔 열차는 교토 시내 북부를 오가는 두 개의 노선으로 주로 '에이덴'이라는 이름으로 불린다.

열차에서는 늘 맨 앞자리를 사수한다. 자리가 있어도 앉는 일은 드물었다. 기관사 뒤에 단단히 자리를 잡고 서서 철로를 구경하는 일은 내가 가장 좋아하는 여행의 순간이기도 하다. 맞은

편에서 다른 열차가 다가오면 놓치지 않고 사진을 한 장 찍어둔다. 철로 위에서 보는 열차의 정면 사진을 찍을 기회는 이럴 때뿐이다.

종점에 내려 산길을 따라 올라가 케이블카를 타는 역에 도착했다. 이름은 케이블카이지만 우리나라와 달리 비탈길에 난 철길을 타고 오르는 긴 객차 형태를 하고 있다. 운전과 안내를 동시에 맡은 기사가 산에 대한 이야기를 들려주며 깊숙한 산중으로 이끈다. 함께 탄 이들 모두 고개를 두리번거리며 숲을 구경했다. 중반쯤 올랐을 때 잠시 멈추고 하행선이 먼저 지나가기를 기다리기도 했다. 아슬아슬하게 멈춘 채 다른 객차가 지나가는 진동을 온몸으로 느꼈다. 나도 모르게 손잡이를 꽉 쥐었다. 숲에서 튀어나와 다시 숲의 철길로 사라지는 케이블카의 모습은 어느 동화 속 한 장면 같다.

로프웨이로 갈아타고 다시 한참을 올라서야 목적지에 도착했다. 히에이산 중턱의 정원, 가든 뮤지엄 히에이Garden Museum Hiei.

햇살을 실컷 먹고 자란 꽃들이 탐스럽게 피어 있는 곳. 계절 꽃이 연이어 피고 져 봄부터 가을까지 내내 꽃을 구경할 수 있다. 한창때의 높은 태양 아래에서 타들어가는 기분이 들면 한 번씩 그늘에 숨어 쉬어갔다. 차갑고 신선한 공기가 몸속으로 진하게 배어들었다. 다시 볕으로 한 발자국 나오면 금세 뜨거운 기

ガーデンミュージアム比叡, Garden Museum Hiei

운이 머리 꼭대기부터 짓누른다. 몇 번이고 그늘과 햇볕을 오가며 징검다리를 건너듯 깡총깡총 걸었다. 이마저도 재미있는 일이었다.

이름 모를 꽃들을 한참이나 구경하다 보면 연못가에 도착한다. 청색 나무 보트와 다리가 놓인 못 위에는 둥실둥실 수련 잎이 가득하다. 어디선가 본 듯한 이 낯익은 풍경 앞에는 한 점의 그림이 걸려 있다. '모네의 수련'.

이곳은 모네가 사랑한 일식 정원을 그대로 재현해놓은 정원이다. 그림에 시선을 한 번 두고 그 뒤에 펼쳐진 정원의 풍경으로 눈을 옮겨 바라보면 마치 그림 속에 들어와 있는 듯이 황홀하다. 모네뿐 아니라 여러 인상파 화가들이 영감을 받았던 풍경을 모티브로 곳곳을 꾸며두었다. 도판을 함께 전시해두어 그림과 정원을 함께 감상할 수 있다. 아름다운 풍경 앞에 서면 나 또한 거리의 화가처럼 그대로 구석에 자리를 잡고 앉아 펜을 들고 싶어진다. 있는 그대로의 풍경을 개인의 취향이 담긴 톤으로 해석하는 사진과 달리, 그림의 세계는 언제나 자유롭게 느껴졌다. 아직 피지 않은 수련 꽃 한 송이를 그려내는 일 또한 미술이라면 가능하다. 걷고 있는 사람들을 모두 지우고 레이스가 곱게 달린 양산을 든 숙녀를 그리는 것도 좋겠다. 그녀를 따르는 강아지의 털은 잘 빗어내려 윤기가 흐르고 보석처럼 반짝일 것 같다. 상상하는 모든 것을 펜으로, 붓으로 표현할 수 있는 것에 언제나 커다란 동경을 가지고 있다. 아쉽게도 그런 재주가 없어 찰칵 하고 셔터를 누른다.

돌아오는 길, 다시 내리막으로 향하는 로프웨이와 케이블카에 몸을 싣는다. 해가 조금씩 기울고 빛과 더 가까워진 숲은 그 빛으로 길을 내어 배웅한다. 빛과 색채가 그려낸 자연의 모든 순간. 모네의 것만큼 아름다운 그림 한 폭을 닮은 날이다.

# 오다이지니

교토에 가면 식칼 하나쯤 사오라는 말을 들은 적이 있다. 기술 장인이 많기 때문에 평생 쓸 도구를 살 수 있다고들 한다. 하지만 우리 집에는 값은 저렴하지만 날이 아주 날카롭고 모양새도 예쁜 태국산 칼이 다섯 개나 있다. 이름을 각인해준다는 말에는 조금 솔깃했는데 굳이 칼이 필요한 상황도 아니니 전혀 구미가 당기지 않았다. 시조 거리에서 할아버지의 칼 가게를 발견하기 전까지는 말이다.

이것도 실은 계획에 없던 일이었다. 골목을 지나다 조그마한 가게에 웬 손님이 이리 많은가 싶어 기웃거리다 보니 어느새 일행과 함께 줄을 서게 되었다. 내부가 좁아 한 팀씩 차례차례 들어갈 수 있었다. 응대와 구매에 시간이 꽤 오래 걸려 우리 차례는 까마득하게 멀어 보였지만, 어쩐지 먼발치에서 보는 칼과 가위에서 눈을 뗄 수 없어 끝까지 기다리기로 했다.

손님은 우리를 제외하고 모두 서양인이었다. 체격이 큰 서양인 남자가 칼을 섬세하게 만지고 고르는 걸 보며 저 사람은 요리사가 아닐까? 하고 추측했다. 다음 팀의 외국인들도 신중하게 칼을 골랐다. 혹시 서방 지역 어딘가에서 소문난 가게 아니야? 이 사람들은 모두 요리 장인이고, 주인은 칼 장인인 거지. 뭐야? 우리 지금 엄청 대단한 곳에 온 거 같은데? 기다림이 길어질수록 기대가 높아졌다. 나이가 지긋한 할아버지는 영어를 거의 하지 못하는 듯 보였지만 번역기를 쓰거나 짧은 문장으로도 화기애애한 소리가 이어졌다. 긴 기다림이 끝나고 드디어 우리 차례가 왔다. 이미 폐점 시간이 한참이나 지나 괜찮을지 양해를 구하니 할아버지는 기꺼이 환영하며 들어오라고 손짓했다.

쇼핑 찬스를 절대 놓치지 않는 친구가 이 기회에 좋은 부엌칼을 하나 들이고 싶다고 했다. 할아버지는 적당한 금액대의 칼 몇 개를 보여줬고, 이 칼들은 지금부터 30년은 거뜬히 사용할 수 있다고 설명했다. 1년에 한 번씩 칼을 갈고 관리해준다면 50년 이상도 쓸 수 있다는 말과 함께 서랍에서 작은 칼 하나를 꺼내 보여줬다. 원래는 일반 요리 칼처럼 컸던 것이 지금은 과도로 쓸 만큼 작아져 있었다. 50년 전 아내가 쓰던 칼이었다. 좁은 골목길 바로 맞은편에는 주택이 하나 있고, 그 앞에는 의자를 내어 앉아 쉬고 있는 할머니가 한 분 계셨다. 바로 그분이 직접 쓰던 칼이라는 말에 우리는 어머머 하며 할머니를 향해 가볍게 인사를 건넸다.

칼을 고르고 각인 차례가 왔다. 기계 각인이 아닌 직접 조각칼로 새겨 넣는 작업이었다. 오래 사귄 친구의 이름이지만 정확히 무슨 뜻을 갖고 있는지는 처음 알았다.

相 서로 상 禧 복 희

'신이 주시는 행복과 즐거운 것'이라는 의미의 이름. 마흔이 가깝도록 나이 들어도 여전히 귀하고 고운 사랑을 쏟아 주시는 친구의 부모님이 떠올랐다. 너 정말 멋진 이름을 가졌구나, 하고 말하자 친구는 새초롬한 말투로 "나 그런 사람이야!" 하고 답했다. 우리는 어린 여중생들처럼 깔깔거리고, 뒤로는 할아버지의 각인 새겨 넣는 망치 소리가 통통통 들려왔다.

각인을 기다리는 사이 방명록을 받았다. 노트에는 각국의 사람들이 꾹꾹 정성껏 눌러 담은 마음이 빽빽하게 차 있었다. 친구는 펜으로 소감을 몇 줄 전하고, 나중에 번역해서 읽어주었다. 유심히 들여다보던 할아버지는 고맙다는 말을 한국어로 어떻게 말하는지 알려달라고 했다. 'かんさはんにだ, 감사합니다'라고 메모지에 적어서 보여주었다.

早川刃物店, Hayakawa Hamonoten

가게 곳곳에는 2028년까지만 영업을 하겠다는 안내가 적혀 있었다. 작은 가게에 앉아 칼의 새로운 주인을 찾아주는 날들이 반복되다 보면 곧 이별의 날이 올 것이다. 100년이라는 전통과 3대를 이은 장인의 기술이 막을 내리는 것, 그리고 선대가 일구어놓은 모든 것들을 자기 손으로 접어야 한다는 것. 할아버지는 마지막까지 최선을 다하기 위해 모든 사람들을 한 명 한 명 성심껏 대하고 있었다. 나중에서야 알았지만 다음 주인이 될 후계자는 몇 해 전 세상을 떠났다고 한다. 아흔에 가까운 할아버지가 종일 가게를 지키는 이유는 이어져온 역사와, 또 지키지 못한 사람에 대한 마지막 예의였을 것이다. 건강히 잘 지내자는 약속을 몇 번이나 나누던, 다음을 기약하자는 말 끝에 남은 애틋함이 조금은 이해가 되었다.

가게를 떠날 때, 오랜 흔적이 남은 서랍장에서 과자 두 개를 꺼낸 할아버지는 우리 손에 하나씩 쥐어주었다. 그러고는 오래도록 배웅했다. 언젠가 다시 만나기를. 그때까지 건강히, 또 건강히. 오다이지니. お大事に.

# 사랑하는 나의 푸른 마을

'니노세二ノ瀬'.

　노면 열차가 다니는 작은 마을. 특별한 볼거리도 차 한 잔 마실 만한 카페도 없어 잠시간 머물고는 그대로 떠나는 역. 언제나 내리는 사람은 나뿐이고, 간혹 누군가 내린다고 해도 계단 아래 마을 속으로 금세 사라져 혼자 남겨지는 곳.

　뾰족뾰족 하늘에 닿을 듯이 나무가 높게 자란 숲으로 열차는 잽싸게 꼬리를 숨긴다. 열차 소리마저 희미하게 잦아들면 바람이나 산새가 내는 소리만이 남는다. 두 다리가 우두커니 서 있는 곳이 현실인지 꿈인지 혼란스러울 정도로, 분명히 이 장면 어떤 애니메이션에선가 본 적이 있다.

　오랫동안 이 역을 무척 사랑했다. 기념하고 싶은 날에는 니노세로 찾아왔다. 와서는 별로 하는 일 없이 있다가 돌아갔다. 승강장의 오두막에 가만히 앉아 있고, 열차가 오지 않는 동안 철로 여기저기를 구경하고, 역 뒤로 펼쳐진 깊은 산이 궁금해 오르지도 않을 등산로를 지도에서 찾아보기도 했다.

언젠가는 마을로 내려가보았다. 행인도 마주치기 힘든 고요한 동네. 어떤 풍파가 지났는지 우체통이 심하게 삐뚤어진 채 방치되어 있고, 대체로 낡고 바랜 것들이 자리를 지켰다. 마을을 가로지르는 강은 깊은 산속에서부터 쏟아져 물줄기가 시원하게 흘렀다. 어디를 걷고 있더라도 강으로 금세 돌아올 수 있을 정도로 그 소리가 우렁찼다. 산책을 하다가 기차 소리가 들려서 쳐다보면 계단 위로 멀리 열차가 지나갔다. 숲 전체를 흔들듯이 힘차게. 마치 그 모습이 숲에서 튀어나온 일부 같아서, 이곳을 '숲속 마을'이라고 이름 지어 불렀다. 동시에 '내가 교토에서 가장 사랑하는 곳'이라고 말했다. 아주 오랫동안.


니노세에 드물게 내리는 사람이 많은 시기는 봄과 가을에 잠깐 백룡원이 열릴 때다. 백룡원은 니노세의 자연을 그대로 품은 정원으로 촉촉한 비가 내리는 날에도, 봄볕이 따사로운 시기에도 산수를 즐기기 좋은 곳이다. 푸른 숲 사이사이 자리 잡은 주홍색 도리이와 다리가 신성한 분위기를 자아내고 좋은 기운을 가득 받을 수 있다. 잠시 쉬어갈 수 있는 정자 지붕에는 이끼

二ノ瀬駅, Ninose Station

가 촘촘하게 덮여 있다. 이곳에 앉아 녹음을 바라보는 것만으로도 마음의 짐 하나를 풀어놓는 기분이 든다. 이슬비를 피하는 동안 눈앞의 것들과 천천히 시선을 마주쳤다. 공기를 크게 들이마셔본다. 가벼워진 몸이 봄비를 타고 스르르 날아갈 것 같다. 어딘가 양지바른 곳에 도착해 그곳에 뿌리를 내려도 좋을 것처럼, 숲을 여행하는 일은 언제나 실낱같은 평화를 찾아 떠나는 보물찾기와 닮았다. 갓 자란 풀잎과 익어가는 꽃몽우리, 긴 시간을 이겨낸 나무와 그곳을 찾아오는 작은 새와 나비, 그들 모두와 친구가 되고 오래 마음을 내어줄 곳을 찾는 것. 등을 기대고 앉을 수 있는 언덕을 헤매는 것. 나무로 지은 정자에 앉아 천천히 숲을 들여다본다. 비로소 머무르기 좋은 자리를 찾았다.

그런데 몇 해 전 태풍으로 니노세를 오가는 에이잔 열차가 중단되는 일이 있었다. 태풍은 매섭게 훑고 지나갔고, 그 흔적은 고스란히 상처로 남았다. 한자리를 오래 지켜온 나무들은 맥없이 쓰러졌고, 철로 한쪽에 처참하게 쌓여 있었다. 역에 내리자마자 마주한 풍경은 '한눈에 담기지 않을 정도로 울창한 숲을 가진 마을'이 아닌 듬성듬성 이가 빠진, 숲의 일부를 잃은 마을이었다. 그대로 주저앉고 싶을 정도로 슬펐다. 자연 앞에서는 늘 인간이 얼마나 무력하고 초라한 존재인지 생각하게 된다. 나무나 꽃이 자라는 일도 당연한 것이 아니라 자연이 가져다주는 축복이고 어기지 않는 약속이라는 것. 그러니 이 모든 것을 인간이 아닌 자연이 거두어가는 것 또한 순리일지 모르겠다. 이후로 아주 오랫동안 숲을 잃은 니노세를 떠올리면 마음이 너무 많이 허망했다.

3년쯤 지나 오랜만에 다시 찾아간 니노세의 풍경은 여전했다. 혼자만 남겨놓고 숲으로 사라지는 열차의 뒷모습은 언제 보아도 근사하다. 오두막 승강장에는 군데군데 근처 초등학생들의 그림이 걸려 있었다. '쓰레기는 자기가 가져가요!'와 같은 캠페인 문구를 작은 손으로 삐뚤빼뚤 그렸을 모습을 떠올리니 절로 귀여워 웃음이 났다. 숲과 고요한 마을, 흐르는 강물 소리도 그대로였다. 그리고 변함없이 마을을 둘러싼 숲은 허전했다. 변하지 않았다는 말이 이렇게 서글픈 문장이었던가.

## 불안하도록 벅찬

한창인 와중에도 금방 잃어버릴 것 같은 날들이다.
잡힐까 손을 내밀면 한 번쯤 붙잡을 수 있을까.

# 돈카츠 예찬론

교토 여행에서 거의 변하지 않은 루틴이 있다. 공항에서 군것질도 했고, 기내식도 남김없이 먹지만, 교토에 거의 도착할 때쯤이면 다시 꼬르륵 하는 신호가 찾아온다. 첫 식사는 뭘로 하지? 열심히 한 고민이 무색할 정도로, 도착해서는 무언가에 이끌리듯 캐리어를 끌고 교토역 식당가로 올라간다.

일단 밥을 먹고 시작하자, 이 여행.

규모가 큰 교토역은 처음 오면 별천지처럼 보인다. 큰 짐을 끌고 바쁘게 오가는 사람들, 누군가를 기다리고 만나고 떠나는 사람들이 끝없는 줄처럼 이어진다. 이 거대한 역에는 여러 백화점과 쇼핑몰, 다양한 노선의 열차들이 다닥다닥 붙어 있다. 하늘 끝까지 오를 것 같은 에스컬레이터를 타고 최상층에 도착하면 곧장 왼쪽에 난 문을 열고 들어간다. 여러 식당이 있지만 한 번도 망설이지 않았다. 목적지는 '카츠쿠라'. 교토를 거점으로 둔 유명한 돈카츠 체인점이다.

　주로 혼자 교토에 오다 보니 대부분 큰 테이블에 여럿이 둘러앉는 자리로 안내받는다. 히레카츠 80그램과 감자 고로케 그리고 생맥주 한 잔. 잠시 기다리면 개인용 절구와 깨를 준다. 깨는 모두 으깨질 정도로 힘차게 갈아야 한다. 진한 맛 소스와 보통 맛 소스 중 늘 진한 맛으로 고르고, 거기에 겨자를 섞는다. 이 과정이 끝날 때쯤이면 보리가 들어간 밥 한 공기와 일본식 돼지고기 된장국인 돈지루가 나온다. 그리고 곧 돈카츠가 등장한다.

　여기까지의 일은 일부러 의도한 것이 아닌데 열 번 중 아홉 번은 거의 똑같이 흘러간다. 나의 시작 루틴이 되어버렸다.


　카츠쿠라 중 특히 교토역 지점은 공항으로 가는 직행 열차가 있어서인지 많은 외국인이 방문한다. 셰어 테이블에 앉을 때면 다양한 국가의 사람들과 눈인사나 짧은 대화를 섞게 된다. 한번은 태국에서 온 가족들이 내가 혼자 여행을 하는 게 신기했는지 한참을 이런저런 대화를 걸어왔다. 나는 지금 도착했고 그들은 공항으로 돌아가는 길이었다. 태국인 엄마는 휴대폰으로 교토에서 찍은 사진들을 잔뜩 구경시켜주었다. 활짝 웃는 예쁜 아이와 가족들의 모습이 연이어 나왔다. 어떤 날에는 깨를 잘 갈지

かつくら, Katsukura

못하는 서양인에게 직접 시범을 보인 적도 있다. 낯선 사람과 말하는 것, 특히 외국인과 대화하는 일을 전혀 즐기지 않는 편이지만 여기에서는 그런 마음도 모두 너그러워진다. 돈카츠 앞이라 그런지.

카츠쿠라는 숨어 있는 장인의 가게는 아니다. 동네 한 구석 로컬 냄새 폴폴 나는 작은 가게도 아니다. 그럼에도 불구하고 언제나 '가장 좋아하는' 자리를 기꺼이 내어주게 된다. 일관적인 맛과 분위기, 찾아가기 쉬운 위치. 이런 이유일 것이다. 게다가 이 튀긴 돼지고기는 왜 이렇게까지 맛있는 걸까. 이제부터 시작하는 여행을 보다 든든하게, 혹은 공항으로 돌아가기 전 여행의 아쉬움을 다독이며. 배웅과 마중 어느 쪽과도 다 잘 어울리는 메뉴다.

자, 그러니 모두들.
여행의 시작을 돈카츠로! 여행의 마무리도 돈카츠로!

물론 이 이야기는 내가 가장 좋아하는 음식 베스트 명단에서 돈카츠가 자기 자리를 굳건하게, 무려 평생을 지켜온 탓에 너무나 치우친 성향의 이야기라는 점을 뒤늦게 고백한다.

# 택시는 노을을 싣고

해는 뉘엿뉘엿 내려앉고 건너편 길은 어느새 샛노란 오후의 해로 완전히 잠겼다. 연극 무대의 핀 조명을 내리쬘 때처럼 뜨겁게 반짝였다.

기억은 없지만 가야 할 방향은 알고 있는 사람처럼 그대로 길을 건너 빛 속으로 풍덩 몸을 던졌다. 반들반들한 나뭇잎은 볕을 태우고 파도처럼 일렁인다. 택시는 노을을 실어 나르고, 금빛 무대의 배우가 된 것처럼 리듬에 맞춰 움직였다. 무대는 해가 저물면 흔적도 없이 사라진다. 어둑해진 거리를 걷는 발걸음이 객석에 남은 관객의 박수 소리처럼 따라온다.

# 종일 혼자 남겨지는 꽃은 없다

식물원에 갈 때면 수많은 사람들 틈에서 위로를 찾는다. 나와 관심사나 목적이 달라도, 각자 좋아하는 것을 하며 살아가고 있다는 사실만으로도 위안이 된다.

무릎을 굽히고 앉아 무언가 골똘히 응시하는 사내. 물속을 보는 건지 물가의 풀숲을 보는 건지 알 수 없다. 한참을 불편한 자세로 들여다보다가 팔뚝만 한 렌즈가 달린 카메라를 든다. 덩치가 큰 망원 렌즈는 새와 곤충 사진을 좋아하는 사람들이 즐겨 사용한다. 사내의 렌즈는 내가 가진 것보다 네 배 이상 커 보였다.

아빠와 함께 나들이를 나온 남자아이는 기운이 넘쳤다. 쓰러진 나무 위를 놀이터처럼 누비고 다녔다. 아이에게 위험하니 조심하라는 경고를 몇 번 하던 아빠는 나무 밑둥 위에 올라 기지개를 켰다. 둘의 모습이 잘 어울려 분명 아빠 또한 어린아이였을 때 제법 개구쟁이였을 것 같았다. 쓰러진 나무는 100년을 넘게 살다 몇 해 전 태풍에 꺾였다고 한다. 그걸 그대로 전시하듯 식물원 한쪽에 놓았다. 자연이 가진 힘을 후세에도 전하기 위해서라는 메시지가 적혀 있었다. 하지만 태풍 따위는 모른다는 듯 그저 천진난만하게 나무를 타고 놀고 있는 아이의 모습이, 마치 할아버지 집에 가서 실컷 뛰노는 조카와 닮았다. 돌아가신 나무도 이 정도면 자기 역할에 만족할 것 같았다.

숲을 이리저리 기웃거리는 여자의 목에는 망원경이 걸려 있었다. 무엇을 관찰하려는지 금세 알 수 있었다. 여자의 가방에는 날개를 펼친 새 모양을 한 키링이 매달려 있다. 온갖 나무가 모여 있는 이곳에는 많은 새들이 서식한다. 멀리 떠돌다 이곳에 둥지를 차린 새들이 여느 숲 못지않은 다양한 소리를 낸다. 그녀는 자신이 보고 싶은 새를 찾기 위해 고개를 두리번거리다 바쁜 걸음으로 자리를 옮겼다.

같은 시간, 나도 호숫가 나무 아래 몸을 숙이고 쪼그려 앉았다. 카메라를 켜고 셔터 위에 검지를 올려놓은 채 숨죽이고 있었다. 자세가 불편했지만 그대로 30분을 넘게 기다렸다. 내가 기다리는 것은 멀리 있는 오리가 한 번쯤 내 앞을 지나가주는 일이었다. 호수를 자유롭게 누비는 오리는 좀처럼 가까이 다가오지 않았다. 조그맣게 오리를 향해 이쪽으로 조금만 와줘! 제발! 하고

京都府立植物園, Kyoto Botanical Gardens

외쳤지만, 들을 리 없었다.

　가끔은 사람을 여행하는 일이 필요하다. 천천히 타인의 행동을 지켜보는 시간. 모두가 각자의 공간에서 분주하게 살아가고 있다는 걸 깨닫는 시간. 생은 다양한 색으로 칠해질 수 있다는 걸 알아채는 시간이.
　식물원은 계절에 개의치 않고 꽃을 피운다. 예뻐서 다가가 가까이에서 바라보면 생각보다 마음에 들지 않아 외면해버리는 꽃도 있다. 곧 다가온 누군가는 그 앞에 서서 이리저리 각도를 바꿔가며 사진을 찍는다. 브이를 하고 기념사진도 찍는다. 예쁘다고 혼잣말을 중얼거린다. 내가 사랑하지 않아도 다른 누군가에게 큰 사랑을 받는다. 어떤 꽃이라도 종일 혼자 남겨지는 꽃은 없다. 모두에게 사랑받지 않아도 괜찮을 것이다. 물론이다.

# 청춘을 여기에 숨겨두었다

난 멜로 알레르기가 있다. 썸까지는 어떻게든 봐주겠는데, 사랑을 시작하면 간지럽다 못해 온몸이 가려워 견디기가 어렵다. 누군가 재미있는 드라마를 추천할 때 내 첫 질문은 "누가 죽어?" 다음은, "치정?" 그다음은, "난장판이야? 막장이야?" 등등.

시골 마을에서 누구 둘이 알콩달콩 행복했다는 얘기나, 재벌과 사랑에 빠지는 이야기, 청춘의 아름다운 삶의 기록, 이런 종류는 심드렁한 표정으로 그래 다음에 볼게, 하고 다음에 정말로 볼 가능성은 10퍼센트도 채 되지 않는다.

사실 처음부터 취향이 거칠었던 건 아니다. 영화감독을 꿈꾸었던 새파란 대학생 시절에는 온 세상의 모든 로맨스를 사랑했다. 단 한 장면에도 마음이 동해 한 바닥쯤 감상문을 적을 수 있었고, 사랑 노래와 이별 노래 모두에 공감하고, 젊은 날의 빛나는 순간들에 열광했다. 영화를 보다 툭하면 감격해 엉뚱한 장면에서 울음을 터뜨릴 정도로 말랑한 사람이었다.

가장 좋아하는 감독은 이와이 슌지. 성인이 되고 정서적으로 가장 큰 영향을 받은 영화는 모두 그의 것이었다. 내가 사랑에 빠진 영화들은 대체로 봄날의 이야기였다. 화면에 가득 찬 벚나무 아래를 걷는 학생들, 축제를 준비하는 학교 창문 밖으로 나부끼는 꽃과 풍선이라든가, 멀어지는 이삿짐 트럭 뒤로 바람을 타고 파르르 날아가는 꽃잎. 마음을 고백하지 못해 괜히 딴소리를 하는 장면. 털썩 주저앉아 몸을 뉘운 다다미 위로 따스하게 쏟아지던 햇살 같은. 영화 속 빗줄기는 늘 청초했고, 바람은 꼭 무언가를 싣고 날아갔으며, 배우들은 모두 젊고 생기로 넘쳤다. 내 상상 속 봄의 이미지는 대부분 이런 영화들로부터 구축되었다. 대학생 때 내가 만든 단편 영화 또한 동아리 선배를 짝사랑하는 여학생 이야기였다. 꽃잎을 떼며 선배의 마음을 점쳐보거나, 상처받은 마음이 유리알이 되어 산산조각 나기도 했다. 제목은 '반짝반짝'. 친구들은 '봄이와 슌지'라는 별명을 만들어 불러주었다.

생각해보면 멜로 귀신 시절에도 나는 어두운 영화를 슬쩍 좋아했다. 아예 아무것도 구축되지 않은 곳에서 온 취향은 아니라는 이야기다. 이와이 슌지의 영화 중 가장 좋아하는 작품은

〈릴리슈슈의 모든 것〉이다. 분홍빛 영화가 아닌 어두운 그림자와 실루엣, 새파란 초원, 방황하는 아이들, 타닥타닥 자판 소리가 아플 정도로 가슴을 짓누르는 영화. 그땐 그저 어린 시절의 성장기라 좋아한다고 생각했는데 이제 와서 돌아보니 나는 원래부터 어두운 작품을 좋아하는 취향을 갖고 있었다. 그러니 지금 이런 어른이 되어버린 것도, 영 근거 없는 일은 아니었다.

오래 잊고 지낸 학생 시절 취향을 다시 만난 곳은 '가미카쓰라역上桂駅'에서였다. 한큐 열차를 타고 아라시야마에 가다 한 번쯤은 지나쳤을 동네의 작은 역이다. 열차가 서서히 멈추고 안내방송과 함께 문이 열린다. 문 밖으로 발을 내딛는 순간부터, 소중히 아끼고 꼭꼭 감춰둔 봄날의 영화가 상영된다.

지상에 지어진 열차 역 전체를 빼곡하게 둘러싼 벚나무. 열차가 지날 때마다 흔들리는 나무에서는 꽃이 비처럼 쏟아져 내렸다. 승강장의 맨 앞부터 맨 뒤까지 어디를 보아도 수천, 수만 개의 꽃송이가 눈을 스쳐갔다. 열차에서 내린 사람들 모두 이 벚꽃 승강장을 쉽게 떠나지 못하고 셔터를 눌렀다.

고등학생 정도 되어 보이는 남자애들 무리가 각자 사진을 찍다 서로 뭐라 대화를 나누고는 키득거린다. 한 명이 시계를 올려다보고는 서두르자며 후다닥 달려 나간다. 이 장면을 본 기억이 난다. 분명 영화 속에서 이런 순간을 맞이한 적이 있다.

역을 오가는 열차는 진한 와인색 한큐 열차다. 레트로한 콘셉트가 특징이라 예전부터 많은 철도 마니아들에게 사랑받고 있다. 붉은 계열의 열차와 벚꽃 철길은 조화로웠다.

가미카쓰라의 영화를 보는 동안 잠시 시간 여행을 한다. 폭신한 솜사탕처럼, 파스텔톤으로 물들고 사르르 녹아내린다. 여기에 완전히 매료된 마음이 나를 스무 살 말랑말랑한 날들로 돌아가게 한다. 기억 속 나는 자주 웃고, 많이 울고, 삐뚤빼뚤했지만 맑고 반짝였다. 파르르 날아드는 꽃잎 하나에도 사랑에 빠질 수 있었던, 우연과 운명 같은 꿈을 꾸던 날들. 거친 말을 잘하고 잔인한 영화를 좋아하는 오늘날의 나로서는 헛웃음만 나는 시절이다.

여기 가미카쓰라역에 내 청춘을 내려둔다. 누가 볼까 부끄러워 꽃잎 사이에 살며시 숨겨놓았다.

上桂駅, Kami-katsura Station

# 봄날의 촬영자들


이 글은 내가 가장 좋아하는 교토의 벚꽃 사진에 대한 소개이자 유명한 촬영지에서의 치열한 촬영기다.

 란덴 열차嵐電는 두 개의 노선으로 나뉜다. 아라시야마嵐山행과 기타노하쿠바이초北野白梅町행 열차. 중간에 내려서 갈아타야 하는 기타노하쿠바이초행 열차로는 료안지나 닌나지, 기타노텐만구 같은 조금 덜 유명한 신사—아라시야마에 비해—에 갈 수 있다. 그래서인지 관광객보다는 시민들이 더 많이 이용하는 노선이다. 봄이 오면 란덴은 바쁘게 단장을 시작한다. 열차 내부를 벚꽃으로 꾸미기도 하고, 올해도 만개한 벚꽃 길을 홍보하는 포스터를 곳곳에 붙여놓는다. 기타노하쿠바이초행 열차를 타면 좁은 철길 양옆에 꽃나무가 줄지어 서 있다. 어서 와 봄이 왔어!

하고 환영인사를 하듯이, 열차를 자기 품으로 쏙 흡수하고 가볍게 뱉어낸다. 꽃이 피는 시기에는 열차에서 꽃놀이를 즐길 수 있도록 이 길을 천천히 달리기도 하고 밤에는 조명을 세워 라이트업 행사도 준비한다. 보라색과 살구색, 란덴 열차의 부드러운 색채와 꽃 풍경의 조화는 예쁜 물감을 골라 그린 수채화처럼 아름답다. 오늘의 목적지는 바로 란덴 벚꽃 열차, 벚꽃 철로다.

새벽 5시, 컴컴한 방에 요란한 알람 소리가 울렸다. 눈을 떴지만 잠을 잔 것도 안 잔 것도 같은 몽롱한 상태가 이어진다. 이내 이불을 한 번 끌어 당겼다가 다시 정신을 번쩍 차리고 몸을 일으켜 터덜터덜 욕실로 걸어갔다. 하루를 시작하기에는 내겐 너무 이른 시간이었다. 숙소는 기온祇園의 하나미코지도리花見小路 근처의 에어비앤비였다. 밤낮 없이 관광객으로 엄청나게 붐비는 거리지만 오전 6시에는 사람이 거의 없었다.—누군가 있기는 했다는 것이 조금 놀라운 일이었다.—거리는 모처럼 깨끗하고, 만개한 벚꽃은 오로지 내 차지였다. 처음 보는 한적한 광경에 시선을 빼앗겨 제대로 걸어나가지 못했다. 이렇게 멋진 거리였다니, 종일 인파가 몰리는 이유를 문득 깨달았다. 봄이 찾아온 기온을 걷다 내가 지금 이럴 때가 아니란 것을 곧 자각하고 다시 빠르게 걸었다. 종종걸음으로 역에 도착해 계단을 내려가려다 이번에는 한적한 기차역이 예뻐서 또 사진을 찍었다. 그러고는 드디어 총

총총 빠른 걸음으로 내려갔다.

기타노하쿠바이초행 열차로 환승하고 기관사 뒤 창문 앞에 자리를 잡았다. 벚꽃 터널을 지나는 동안 열차의 모든 창문은 꽃으로 가득 찬다. 짧은 길을 지나는 동안 열차는 속도를 늦추고 천천히 꽃을 즐길 수 있도록 해준다. 매일 같은 길을 보던 사람들도 한 번씩 고개를 들고 꽃 풍경을 바라본다. 다음 역에서 기차에서 내려 다시 철로를 따라 거슬러 올라갔다.

이 동네의 이름은 '우타노宇多野'. 조용하고 차분한 주택가다. 지도를 열고 아까 지나친 벚꽃 길을 찾아 이리저리 서성였다. 오전 7시, 일어난 지 두 시간 만에 벚꽃 터널 앞에 도착했다. 부지런한 사람들이 이미 좋은 자리를 차지했다. 삼각대를 들고 장비를 잔뜩 갖춰 나온 카메라맨들 사이에 있을 때면 늘 위축된다. 누군가 내 카메라를 쳐다보고 나를 한번 슥 본다. 당시 내가 쓰는 카메라와 렌즈는 엄청 고가의 제품도 아니었고, 내 인상이 무게 있어 보이는 편도 아니었다. 이런 상황에서는 늘 무시 아니면 귀여움을 받게 된다. 언젠가 다른 곳에서 만났던 철도 마니아 아저씨는 나를 훑더니 피식 웃으며 사진 찍기 좋은 자리도 만들어주고, 차례도 양보해주고, 기다리는 동안 이것저것 질문도 하고, 외국에서 온 사진 좋아하는 젊은이 이미지로 멋대로 구축당해 많은 배려를 받은 적이 있다. 내 소중한 카메라를 무시당했지만 그럭

저럭 재밌는 경험이었다. 이번에는 상대를 스캔해보니 나와 같은 관광객이었다. 귀여움 빼고 무시만 받을 분위기다. 조심스럽게 그들 뒤에 서서 적당한 순간을 기다렸다.

열차는 7, 8분에 한 대씩 지나갔다. 총 다섯 대의 열차가 지나가는 동안 그들은 비킬 기미가 조금도 보이지 않았다. 그들이 원하는 사진은 아직 시간을 더 필요로 하는 것 같았다. 나 또한 같은 자리에서 찍기를 원했으니 일단 기다렸으나 시간이 30분이 넘어가도록 별 진척이 없자, 괜히 뒤에서 헛기침을 하고 눈을 마주쳤다. 눈은 웃지 않았지만 입꼬리는 활짝 올렸다. 미소를 지으며 '나에게 딱 한 대의 열차만 찍을 기회를 줘…' 하고 보낸 텔레파시는 끝내 닿지 않았다. 더 기다리다간 화가 날 것 같아서 그냥 다음 열차를 찍었다. 나만 한 삼각대에 놓인 카메라를 피해, 나보다 키가 훨씬 큰 그들을 피해. 만세를 한 채로 셔터를 눌렀다. 보라색 란덴 열차가 지나가는 벚꽃 길은 신카이 마코토 영화의 오프닝 장면 같았다. 분위기 있는 음악이 나오고, 열차가 쌩 지나간 뒤 두 사람이 스쳐 지나가는 장면으로 이어질 것 같았다. 낭만적인, 그리고 포근한. 이 풍경 앞에서 다시는 마주치지 않을 사람들 때문에 기분을 망칠 필요도 이유도 없다.

새벽 기상에다가 기다리며 빼앗긴 기력으로 다음 코스로 갈 의지마저 소실됐다. 그냥 처음 와본 우타노라는 동네를 가볍게

돌아보기로 했다. 우타노는 열차 길이 아니어도 곳곳에 커다란 벚나무가 많았다. 걷다 보니 벚꽃 나무 뒤로 열차가 지나는 순간을 포착하기도 했다. 예상하지 못한 곳에서 보는 뜻하지 않은 풍경에 더 마음이 동하는 때도 있다. 마을 구경을 하던 중에 누군가 다가와 말을 걸었다.

"혹시 벚꽃 란덴을 촬영하러 오셨나요?"

나이가 지긋한 남자의 목에는 낡은 필름 카메라가 걸려 있었다. 간혹 카메라를 든 사이에는 눈빛만 봐도 통하는 무언가가 있다. 저 사람 분명 나와 목적지가 같을 것 같아… 하는 막연한 느낌. 난 이미 촬영을 끝내고 돌아가는 길이라고 하자 남자는 길을 헤매는 중이라고 위치를 알려줄 수 있는지 물었다. 정처 없이 걷고 있던 탓에 정확한 길이 떠오르지 않아 지도 앱을 열며 나는 외국인이고, 길 설명이 서툴다고 말했다. 지도를 보여주고 간단한 설명을 덧붙였다. 그러고는 "사람이 좀 있어요. 잠깐 기다리다가 오래 걸리면 저처럼 찍어보세요." 팔을 번쩍 들고 까치발을 들어 시범을 보였다. 이 모습을 제법 진지하게 보고는 고맙다는 인사와 함께 우리는 헤어졌다. 오래된 카메라를 들고 다니는 남자 또한 나처럼 훑어보기의 희생양이 될지 모른다. 이 치열한 세상에서 살아남는 것은 결국 그의 몫이겠지만. 잘 가고 있는지 한번 뒤돌아 남자를 살피고 나도 다시 가던 길을 걸어갔다.

이런 경험은 여기에서만 겪은 일은 아니다. 관광객이 늘어나면서 유명한 사진 포인트들은 늘 촬영자들이 몰렸다. 새벽 일찍 나가도 언제나 나보다 발 빠른 사람이 있었다. 질서가 잘 지켜지는 곳들도 있지만 그렇지 못하는 곳이 태반이다. 매번 눈치 싸움을 하고, 방해를 받고, 가끔은 새치기를 당하며 사진을 찍고 있다. 문제가 이렇다 보니 밀려드는 관광객이 교토를 망치고 있다는 의미의 '관광 공해'라는 말까지 생겨났다. 마음에 드는 사진을 찍었던 거리는 어느 순간 촬영 불가라는 팻말이 걸렸고, 교토의 유명한 장소에서 사진을 찍는 일이 점점 더 피로해진다. 인적 드문 골목길에서 탐험하는 일이 더 즐거워지는 이유이기도 하다. 많은 사람들에게 사랑받는 도시. 그들이 말하는 '공해' 쪽에 서 있는 나는 가끔 씁쓸하다.

더 조심스럽게 걷고 발자국을 남기고 싶지 않다. 이 소중한 도시가 가급적 오래 남겨질 수 있도록, 내가 할 수 있는 유일한 노력이 이것이라면.

# 혼만지

만약 내게 신비로운 힘이 주어진다면 그건 세상 모든 꽃의 개화 시기를 알 수 있는 능력이면 좋겠다. 거의 매년 봄이 오면 교토에 가는 비행기 티켓을 예약했다. 교토의 벚꽃은 보통 3월 말에서 4월 초에 개화가 시작되는데, 새해 무렵부터 예상 시기 사이트를 매일 들락거리며 확인한다고 해도 결국 그즈음에 가서야 알 수 있는 게 꽃의 마음이다. 아무런 과학적 데이터도 없이 언제 여행을 갈지 찍어야만 한다. 짧은 일정으로 봄 여행을 가게 될 때면 더욱 심각하게 고민한다. 일단 예약을 하고 난 이후에는 신의 뜻에 맡기는 수뿐이다.

3월 29일에 출발한 여행이었다. 자신 있게 이쯤이면 충분할 것이라고 생각했는데 교토에 도착해서 보니 아직 꽃이 40퍼센트도 채 피지 않았다. 적어도 만개까지는 일주일 이상의 시간이 필요해 보였다. 속상한 마음으로 벚꽃 현황 사이트를 종일 뒤져 '현재' 만개인 곳을 찾아냈다. 혼만지本満寺. 여기 딱 한 그루 있는 수양 벚꽃이 다른 꽃보다 이르게 폈다는 소식에 바로 교통편을 찾아 그리로 향했다.

　내부에 있는 커다란 나무는 고고하게 혼자만 벚꽃 잎을 살랑이고 있었고, 이 유일한 만개 나무를 보기 위해 많은 사람들이 찾아왔다. 꽃을 봐서 좋았지만 이렇게 벚꽃 확대 사진을 찍으려고 보고 싶었던 건 또 아니라 여전히 아쉬움이 남았다. 그때 하늘에서 뚝뚝 빗방울이 떨어졌다. 서운하고 울적한 마음은 배가 되었다. 우산도 없이 나왔기 때문에 지붕 밑에 서서 비가 그치기만을 기다렸다. 얄궂은 비는 그치기는커녕 더 심하게 퍼부었다. 작게 한숨을 뱉었다. 얼마나 기다린 봄이었는데. 지난겨울 지독하게 따라붙던 우울감이나 무력한 상태에서 겨우 벗어나 떠나온 봄 여행이었다. 온기가 차기 시작한 꽃 풍경을 보면 절로 마음이 개운해져 뭐든 다 해낼 것 같은 희망이 찾아온다. 그런 기대로 시작한 여행이었다. 이렇게 비를 피해 숨어서 단 한 그루의 도도한 벚나무를 보며 기분이 가라앉는 건 전혀 예상하지 못했던 일이었다.


　좀처럼 멈출 것 같지 않아 비를 맞고 돌아가기로 했다. 걷다

보니 빗줄기가 점점 얇아지고 드문드문 비구름 사이로 햇빛도 빼꼼 알은체를 했다. '여우비는 또 예쁘지…' 단순한 뇌구조가 이럴 때는 참 편리하다. 가랑비가 햇빛 아래 통통 튕겨져 나가는 걸 구경하며 걸었다. 머리가 다 젖고 옷도 축축하지만 몇 번 멈춰서서 카메라를 들기도 했다. 반짝이는 유리알처럼 아름다운 빗방울. 큰길에 도착했을 때 맞은편에는 커다란 무지개가 서 있었다. 부슬부슬, 어느새 이슬비처럼 잦아든 비와 무지개. 비를 맞고 걸어 나오길 잘했다. 아쉬움도 함께 잦아들었다.

　역에 거의 다다를 쯤에는 날이 완전히 개었다. 아무 일 없었다는 듯 먹구름이 모두 사라졌다. 그 자리에는 옅게 찢은 솜사탕과 닮은 새 구름이 길게 자리를 폈다. 한바탕 비가 지난 후의 하늘은 눈이 시릴 정도로 새파랬다. 더 이상 푸를 수 없을 것 같은 파랑. 이 요란한 날에는 분명히, 틀림없이 노을이 예쁠 것이다. 그런 느낌이 들어 역에 들어갈 수 없게 되었다.

　얼마 지나지 않아 땅에 닿을 듯 가까워진 노을은 구름부터 물들였다. 연한 바닐라색에서 시작해 보라색, 주황색, 그림을 그려도 이렇게 색을 고르면 과하다는 말을 들을 것 같은 그런 색이 났다. 종일 변덕이 심한 어린이 같았던 날씨는, 초등학생이 사생대회 날 그릴 법한 하늘을 그렸다. 꼭 자기 같은. 구름은 아주 먼 곳에 있겠지만 올록볼록한 재질이 손에 만져질 것 같았다. 그 결

이 모두 느껴질 만큼 선명하고 또렷하게 뽐내고 있었다.

누군가 혼만지의 수양 벚꽃을 보고 '아직 100살도 되지 않은 젊은 나무'라고 표현해놓은 것을 본 적이 있다. 그러고 보니 언젠가 보았던 거대한 은행나무도 아직 몇백 살 먹지 않아 보호수 측에도 끼지 못한다는 기사도 있었다. 늘 사소한 변수에 휘청휘청 휘둘리는 나도, 아직 열 살밖에 되지 않은 젊은 교토 여행자라고 생각하면 이 응석도 조금은 편안해진다.

비 하나만으로 충분히 채워지는 여행도 있다.

# 꽃구경이 제철

한바탕 벚꽃이 휩쓸고 간 이후에는 차례를 기다린 봄꽃들이 연이어 피기 시작했다. 사과꽃, 복숭아꽃, 이름만 들어도 한 움큼 단내가 폴폴 퍼지는 꽃이 폈다. 그에 질세라 튤립, 진달래도 세상 밖으로 나올 준비를 한다. 장미나무에는 곧 태어날 꽃몽우리가 하루가 다르게 토실토실 자라났다. 겨우내 얼어붙어 있던 것들이 소생하는 계절을 기다리는 사람은 나뿐이 아니었다. 반가운 봄의 물결 소리를 듣고 싶은 사람 또한 나뿐이 아니었다. 꽃을 바라보는 모든 사람들은 온화하게 미소 짓고 있었다. 꽃구경을 가서 누군가와 눈이 마주치면 누가 먼저랄 것도 없이 "너무 예쁘네요" 하고 인사를 대신했다.

동네마다 게시판에는 제철을 맞은 꽃 축제 포스터가 연일 새로 붙었다. 이따금씩 걸음을 멈추고 게시판을 유심히 들여다보았다. 어떤 계절 행사를 하는지, 어떤 전시가 진행 중인지. 여기에서 간혹 잘 몰랐던 새로운 곳을 찾게 되기도 한다. 한 포스터에는 보라색 예쁜 꽃 사진이 담겨 있었다. 등나무였다. 포도송이처럼 주렁주렁 매달려 작은 잎을 한껏 피우는 꽃 넝쿨. 학교 운동장에 있을 법한 나무 쉼터와 그 위에 한가득 피어 있는 등나무 사진을 보고 떠올렸다. 어릴 때 내가 다닌 초등학교에도 비슷한 게 있었다. 작은 몸을 앉히고 쉬던, 친구들과 불량 식품 같은 걸 나눠 먹고, 신발주머니나 무거운 책가방을 털썩 올려놓았던 등나무 아래의 벤치.

특별 공개를 하는 장소는 생소한 이름이었다. '환경 보전 센터鳥羽水環境保全センター'. 교토 시내에서 다소 벗어난 지역에 있는 상하수도 환경 보전 센터가 알고 보면 숨은 등나무 명소이고, 개화 시기에만 잠깐씩 일반인 특별 공개를 하고 있다고 한다. 처음 보는 정보에 호기심이 생겨 공개를 시작하는 날 바로 찾아갔다.


오전 일찍 교토역에서 집합. 일정 금액을 지불하고 셔틀버스를 타면 센터 앞에서 내려준다. 사람들을 따라 걷다 보니 멀리 설익은 포도처럼 고운 연보라색 꽃 무리가 보인다. 그 아래에는 벌써부터 구름 떼 같은 사람들이 모여 있었다. 각종 카메라 모임, 노인회, 유치원 견학, 가족 나들이 등등. 유치원에서 놀러 온 아이들은 다 같이 빨간색 모자를 쓰고 사방을 두리번거렸다. 아이들의 목소리가 삐약삐약 병아리처럼 들렸다.

꽃이 몰린 자리에는 사진을 찍으려는 사람들도 많이 있었다. 단정히 차려 입고 카메라를 멘 노신사가 나와 눈짓을 주고받고는 서로 방해가 되지 않게 한 번씩 양보해주며 촬영을 했다. 서로 반대편에서 찍고 싶었던 남자와 나는 각자의 차례에 기둥 뒤로 몸을 숨겨 보이지 않게 했다. 내가 다 됐다는 표정으로 오케이 신호를 보내자 노신사도 인사를 건네고 다시 각자 원하는 꽃그늘로 헤어졌다.

도시락을 챙겨 와 나눠 먹는 사람들, 꽃잎을 만져보려 까치발을 들고 손을 뻗는 꼬마 아이, 가족들과 모여 사진을 찍는 사람들, 모두 사이좋게 등나무 시렁 아래에서 오손도손 꽃놀이를 했다.

처음 포스터를 보고 상상했던 유년기의 나무 쉼터 분위기는 인파로 인해 느낄 수 없었다. 대신 낯선 사람들과 웃음을 주고받으며 보낸 꽃놀이는 오붓하고 화기애애했다. '특별 공개'라는 단어와도 어울렸다. 우리 모두 특별하게 이 구석진 곳까지 찾아온 오늘의 꽃 나들이 친구였다.

꽃 피는 계절을 사랑하는 사람들이 남녀노소 모두 모인, 꽃그늘 아래 너도 나도 모두 정다웠던 날.

京都市 上下水道局 鳥羽 Kyotoshi Jogesuidokyoku Tobamizukankyohozen Center

# 시골 여행, 시가라키

시가현 산속에 있는 미술관에 갔던 날의 일이다. 교토로 돌아가
는 버스와 반대로 향하는 버스를 탔다. 실수는 아니었다. 전날
일정을 체크하다 산 너머 다른 마을로 가는 버스가 드문드문 다
닌단 이야기를 듣고 무작정 그 동네에 대한 정보를 찾아보았다.
별로 할 것이 많아 보이지는 않았다. 시가에서도 더 깊숙한 구석
에 있는 시골 마을이었다. 한 가지 눈길을 끈 점은 시골을 달리
는 열차였다. 한가한 풍경 속에서 달리는 작은 열차의 모습은 철
덕후의 마음을 빼앗기에 충분했다. 길을 멀리 돌아오게 되겠지
만, 새로운 동네에 한번 가보는 것도 나쁘지 않겠다 싶었다.

버스는 시내의 큰 역이 아닌 더 굽이굽이 돌고 도는 산길을
달렸다. 승객은 나를 포함 세 명뿐이었다. 갑자기 어디선가 버스
가 멈추고 기사가 자리에서 일어나 우리를 향해 비장한 얼굴로

터벅터벅 걸어오기 전까지, 이 여정은 더없이 잔잔했다.

기사는 버스 맨 뒤칸으로 갔다. 상황 파악이 잘 되지 않아 휴대폰을 쥔 손에 힘을 주고 눈을 이리저리 굴렸다. 다들 의아한 얼굴로 두리번거릴 때쯤 기사가 우리를 불렀다.

"모두 여기로 와보세요."

무서운 드라마를 너무 많이 본 탓일까. 순간 버스 납치와 같은 흉흉한 사건을 떠올렸다. 단순하게 뭔가 고장이 난 걸까 생각해도 됐을 텐데, 머릿속에서는 오만 가지 최악의 상황이 펼쳐진다. 주춤주춤 망설이며 걸어갔다. 곧 기사가 다시 말했다.

"저기 저 나무를 좀 보세요."

잎이 푸르게 난 커다란 나무였다.

"400년이 넘은 수양 벚나무입니다. 우리 동네의 자랑이에요. 꽃이 다 져서 아쉽네요. 다음번에는 꼭 꽃이 필 때 오세요. 다시 보여드리겠습니다."

긴장했던 마음을 쓸어내렸다. 누군가 웃음을 터뜨리며 고맙다고 인사했다. 아무 일 없었다는 듯이 기사는 다시 운전석으로 돌아가고 다들 제자리에 앉았다. 나도 다시 앉아 멀리 나무를 내다보았다. 뒤늦게 헛웃음을 지으며 나무를 향해 언젠가의 봄에 꼭 오겠노라 속으로 약속했다.

버스가 종점에 도착하고 거기에서 하차했다. 굽이굽이 산을 지나 먼 산골짜기의 시골 마을로 왔다. 시가라키信楽는 주로 도자기나 공예품을 많이 생산하는 곳이다. 역에는 주말을 맞아 그릇이나 각종 도자기 용품을 파는 장이 섰다. 어딜 가나 시장 구경은 왜 이렇게 재밌을까. 특히 지금처럼 플리마켓 형태의 일일 장이라면 더 즐겁다. 하루뿐인 장사에 더 힘차게 내뱉는 환영 인사와 각지에서 모인 사람들이 어슬렁어슬렁 걸음은 느리게, 눈은 재빠르게 움직이며 물건을 탐색한다. 시가라키의 마스코트인 너구리 탈을 쓴 사람들도 여기저기 돌아다니고, 어른 아이 할 것 없이 반갑게 다가갔다.

곧 다시 열차에 올라 시가라키역에서 몇 정거장 거리에 있는 조쿠시역勅旨駅에 도착했다. 주변에는 아무것도 없었다. 맞은편은 넓은 논이고, 집 몇 채와 멀리 차가 다니는 도로가 보이는 정도였다. 여행은 대부분 어딘지 모르는 곳으로 떠나는 일이지만 오늘은 자꾸만 한 번씩 덜컥덜컥 겁을 집어삼킨다. 계획은 충동적이고 부실했다. 다음 열차를 타고 교토로 돌아갈까 고민을 하다 온 김에 근처 카페에 가서 잠깐 쉬어가기로 했다.

카페로 가는 길은 숲을 지나야 했다. 타국의 미아가 될 위험 앞에서 마주친 숲은 반갑지 않았다. 지도를 열어놓고 위치를 끊임없이 확인하며 걸었다. 한참 걸어 도착한 곳은 'NOTA SHOP'. 카페와 상점을 겸하고 있는 공방 형태의 가게였다.

가게에는 시가라키 출신의 도자기 디자이너가 만든 제품이

水環境保全センター, NOTA_SHOP / NOTA & design

진열되어 있었다. 큰 창 아래 반듯하게 그릇이 놓여 있고, 때마침 드는 오후 햇살이 줄을 긋듯 선명하게 비쳤다. 목조 구조물이 고스란히 드러난 실내는 마치 큰 나무 속으로 들어온 듯했다. 전시된 도예품은 숲의 일부처럼 보였다. 버섯처럼, 이끼처럼, 들꽃처럼. 그 자리에서 나고 자라온 생명체처럼, 어쩌면 이 도시와 가장 잘 어울리는 광경이기도 했다.

주인은 외국인 손님이 여기까지 찾아오는 일은 드물다며 어떻게 왔냐고 물었다. 오늘을 뭐라고 설명해야 좋을까.

"난토나쿠なんとなく…"

직역하면 "어쩌다 보니…" 정도의 문장.


어쩌다 보니 여기까지 왔다. 충동적으로 버스 안내 페이지를 보다가 시작한 일이었고, 부실하게 이동 동선만 대강 알아보고, 낯선 상황에 당황하고, 헨델과 그레텔이 과자 주워 먹듯이 신기한 것에 몇 번 홀려 다니고, 그러다 보니 무심코 이렇게 되었다.

잠시 지친 다리를 쉬고 역으로 돌아왔다. 아직 열차가 오려면 30분도 넘게 남았다. 고요한 역사에 앉아 바깥의 소리에 귀를 기울였다. 고즈넉한 소리들만 차분하게 이어졌다. 적막한 역에서는 아주 멀리의 차 소리도 선명하게 들려왔다. 소리를 채집하는 사람처럼 앉아 하나씩, 하나씩, 듣고 또 하나씩, 하나씩, 하루를 떠올렸다.

어떻게든 흘러간 오늘, 이런 날도 아주 가끔은 나쁘지 않을 것 같다. 귀가를 앞둔 느긋함에 긴장한 마음이 녹아 사라졌다. 산 공기를 맘껏 마시고 뱉었다. 적당히 식은 봄밤의 온도가 산뜻하니 마음에 들었다.

# 한 달 유효, 교토 사람

교토 내에서의 이동은 대부분 지하철보다 버스를 더 자주 이용하게 된다. 주로 관광객들이 사용하기 편한 교통권이나 원데이패스를 구매했다. 하루 700엔이면 시내를 운행하는 버스를 종일탈 수 있다. 보통 네 번 타는 것보다 이득이기 때문에 종일 이동하는 빡빡한 일정을 짰다면 반드시 필요하다. 역이나 관광 센터, 혹은 버스 기사에게 요청해서 구매할 수 있다. (현재는 판매가 중단되었다.)

버스에 있을 때 관광객과 현지인을 구분하는 방법은 손에 들린 교통 패스다. 현지인들이 들고 있는 교통카드는 대부분 자신이 이용하는 구간을 크게 새겨놓은 정기권이 많다. 거기에는 본인을 확인할 수 있는 정보와 사용 기한 등이 적혀 있다. 내 이름이 새겨진 교통카드라니. 이름 새기기 마니아로서 언젠가 꼭 한번 가져보고 싶은 것이기도 했다. 한 달간 사용이 가능한 정기권은 관광 비자를 갖고 있는 외국인도 구매할 수 있다고 하기에 교토에 도착한 다음 날 바로 카드를 만들러 갔다. 신청서에 이름과 나이를 적고 간단한 확인 절차를 거친 후 '이런저런 정보와 내 이름이 적힌 이코카(간사이 지역의 교통카드 이름)'를 손에 넣었다. 그 카드는 보고만 있어도 웃음이 났다. 오랜 로망 하나를 이루었다.

그날부터 교통카드는 나의 동행이자 친구, 언제 어디든 함께했다. 아침을 먹으러 카페에 갈 때도, 교토에 놀러 온 친구를 데리러 역에 갈 때도, 일정을 끝내고 터벅터벅 숙소로 돌아올 때도 늘 내 이름이 적힌 카드와 단짝이었다.

시간이 빠르게 지나고 얼마 남지 않았을 때쯤이었다. 며칠 전부터 카드를 찍으면 전에 없던 메시지가 뜨기 시작했다. 남은 기한이 얼마 없다는 뜻이다. 한달살이가 끝나간다는 사실이 섭섭해 일부러 남은 날을 세어보지 않았는데, 그걸 카드가 구태여 알려주었다. 자연스럽게 작별의 시간을 준비해야 했다.

한 달을 꼬박 채운 날 아침. 하늘이 무너질 것처럼 비가 세차게 쏟아졌다. 시간이 넉넉하지 않았고 비까지 내리니 별로 할 수 있는 일이 없었다. 한 달을 최선을 다해 보냈는데도 떠나는 마음은 아쉽기만 하다. 교토역에 짐을 맡겨두고 마지막 남은 시간을 보냈다. 비를 뚫고 옆동네 카페에 가서 하릴없이 앉아 있었다. 다다미방이 옹기종기 모여 있는 작은 카페에는 안쪽에 조그마한 정원이 있었다. 비 내리는 걸 보며, 빗방울 소리를 들으며 가만히 시간을 보냈다. 카페는 한적했다. 가끔 테이크아웃을 하러 오는 사람들만 다녀갔다. 원두를 가는 소리가 들리고 곧 커피향이 그득하게 퍼졌다. 축축하게 젖은 비 냄새와 물기 머금은 풀 냄새가 동시에 풍겼다. 사진첩을 열어보자 그 안에는 지나간 날들이 빠짐없이 담겨 있었다. 마지막이라는 단어가 주는 먹먹함에 자꾸만 한숨이 새어 나왔다. 그때 불쑥 쓸쓸함과 적적함이 옆에 나란히 앉았다. 석별의 순간에는 많은 친구들에게 위로를 받았다. 이건 끝보다는 시작에 가까운 일이라고. 어떤 감정도 모두 나를 이롭게 할 것이라고. 타이르고 어르듯이, 천천히 등을 어루만졌다.

안녕. 앞으로 함께 걸어갈 나의 마음 친구들아. 언제까지나 내 편이 되어줘.

# 봄날의 여행지

**봄날의 러너**

**니조성**二条城
성 둘레길은 인파가 붐비는 낮보다는 저녁에 더욱 러너들에게 사랑받는다.
京都市中京区二条城町541

**호리카와강 산책로**堀川 遊歩道
니조성 부근에서 시작해 2킬로미터가량 되는 작은 샛강의 산책로다. 여러 번 멈추게 되는 아름다운 길.
京都市上京区

# 야마시나山科 한 바퀴

## 야마시나 골목길

봄이면 야마시나는 동네 전체가 벚꽃으로 가득 찬다. 나의 추천은 라쿠
토고등학교 앞 오르막길. 짧은 길이지만 구석구석 꽃구경을 하며 오르
다 보면 시간이 한참이나 흘러가 있다.

京都市山科区安朱山田

## 안쇼지수로각安祥寺水路閣

수로가 위아래로 교차하도록 만든 이 시설을 중심으로 벚꽃이 터널처
럼 피어 있다. 인기가 많은 장소라 주말이나 오후에는 붐비기 쉬워 오전
방문을 추천.

京都市山科区安朱中溝町48

## 가와무라 돈카츠熟成豚かわむら

조용한 상점가에 위치한 돈카츠 집. 한적한 거리에서 가장 많은 사람들
이 모여 있는 곳이기도 하다. 일본 내의 여러 여행 잡지에 자주 등장하
는 10년 차 유명 돈카츠 집.

京都市山科区竹鼻西ノ口町57—1

## 가라스마역 근처 멋진 가게들

## 폰슈야ぽんしゅや 三徳六味

서서 마시는 술집. 잠깐 머물다 가는 곳이기 때문에 2차로 가볍게 방문
하기 좋다.

京都市下京区綾材木町18 8—5

**이치하라헤이베이쇼텐**御箸司 市原平兵衛商店

젓가락 장인의 가게. 세상에 이렇게 다양한 젓가락이 있다는 사실을 처음 알 수 있는 곳. 젓가락 선물은 장수를 기원하는 뜻을 갖고 있다.
京都市下京区小石町118—1


**하야카와 하모노텐**早川刃物店

칼뿐 아니라 가위와 같은 날이 달린 도구를 만드는 장인의 가게. 할아버지가 모든 접객을 맡으니 번역기를 활용하면 더 편하게 구매를 할 수 있다. 가게 영업이 몇 년 내에 종료될 예정이니 서둘러 방문할 것.
京都市下京区東前町


**불광사**佛光寺

절 내부에 카페 D&Department가 있어 발길이 끊임없이 이어지는 곳. 내부 큰 은행나무의 나이는 약 400년으로 '구민 자랑 나무'로 지정되어 있다.
京都市下京区新開町397


## 시내에서 약 한 시간, 숲속 여행

**니노세역**二ノ瀬駅

오두막 형태의 역과 숲으로 향하는 듯한 철로의 모습이 아름다운 역. 별도의 즐길 거리는 없으니 잠깐 방문하는 걸 추천.
京都市左京区鞍馬二ノ瀬町

**단풍 터널** もみじのトンネル

니노세역으로 향하는 에이잔 열차가 지나는 길. 봄, 여름에는 청단풍을, 가을에는 화려하게 물든 단풍 길을 열차로 지날 수 있다. 이를 관람하기 위해 일부 에이잔 열차는 좌석이 창문 방향으로 놓여 있다.

京都市左京区鞍馬二ノ瀬町


**백룡원** 白龍園

니노세 인근에 위치한 작은 정원으로 숲을 좋아하는 사람이라면 한 번쯤 방문해볼 만하다. 봄과 가을에만 특별 공개를 하고 있다.

京都市左京区鞍馬二ノ瀬町106



## 돈카츠 좋아하는 사람들 모여라

**카츠쿠라 교토 포르타점** 名代とんかつ かつくら 京都ポルタ店

교토 시내에 여러 지점을 두고 있어 방문하기 편한 돈카츠 체인점. 교토역과 연결된 쇼핑몰 최상층에도 지점이 있어, 여행의 시작과 끝을 위한 식사로도 적당하다.

京都市下京区烏丸通 塩小路下ル東塩小路町901 京都ポルタ 11F


**돈카츠 부타 고릴라 본점** とんかつ 豚ゴリラ 本店

부드러운 맛이 일품이다. 바삭한 식감보다 부드럽게 감기는 튀김을 선호한다면 부타 고릴라의 돈카츠가 분명 마음에 들 것이다.

京都市中京区聚楽廻西町181-5

## 그릴 코다카라 グリル小宝

사실 돈카츠보다 오므라이스가 유명한 경양식집. 다양한 메뉴 중 돈카츠와 튀김 요리도 모두 맛있다. 옛날 느낌의 중형 요리점 분위기다.

京都市左京区岡崎北御所町46

## 미야가와 톤에몬 宮川豚衛門

으슥한 골목길 안쪽에 있어 입구를 찾기 쉽지 않은 곳. 지도를 잘 보고 건물 주변을 살펴보아야 한다. 다양한 소스를 제공해 요리에 가까운 한 그릇의 돈카츠를 맛볼 수 있다.

京都市東山区西御門町440-10

# 기타야마에서 여유 즐기기

## 교토 부립 식물원 京都府立植物園

관광객이 밀려드는 도심에 지쳤다면 식물원 방문을 추천한다. 늘 한적하고 여유로운 분위기를 느낄 수 있다. 계절별로 벚꽃, 장미, 튤립 등 다양한 꽃 이벤트가 펼쳐진다.

京都市左京区下鴨半木町

## 나카라기의 길 半木の道

벚꽃 놀이를 가모강에서 즐기는 사람에게 추천하고 싶은 장소. 수양 벚꽃 길이기 때문에 다른 곳보다 더 진하게 물든 꽃잎을 볼 수 있다. 단, 일반 벚꽃보다 개화 시기가 조금 늦음!

京都市左京区賀茂今井町10-4

### 캐피탈 동양정 본점キャピタル東洋亭 本店

유명한 동양정 함바그 스테이크의 본점. 철판 위의 은박지를 나이프로 벅벅 찢으면 등장하는 뜨뜻한 함바그가 일품이다.

京都市北区上賀茂岩ケ垣内町28番地の3

### 마르블랑슈 기타야마 본점マールブランシュ

본점과 고전 체험에 빼놓을 수 없는 곳. 마르블랑슈 본점도 동양정 바로 옆에 있다. 함바그를 먹은 후 마르블랑슈에서 케이크를 골라보자. 모두 예뻐서 고르는 데 한참 시간이 걸릴지도 모른다.

京都市北区上賀茂岩ケ垣内町40

## 봄맞이 꽃나들이

### 가미카쓰라역上桂駅

승강장 전체가 벚꽃으로 둘러싸인 역. 주변에 특별한 스폿이 없기 때문에 아라시야마 부근에 갈 때 함께 방문하기 좋다.

京都市西京区上桂宮ノ後町

### 란덴 벚꽃 스폿

우타노역宇多野駅과 나루타키역鳴滝駅 사이의 벚꽃 철로. 열차 내부에서 보는 것도 예쁘지만 철길 부근을 따라 걸으며 바깥에서 보는 꽃과 열차의 모습이 더욱 아름답다.

**환경 보전 센터**烏羽水環境保全センター
교토의 숨은 등나무 명소인 환경 보전 센터. 4월 하순 절정기에만 일반인에게 공개를 하기 때문에 홈페이지나 지역 게시판 등을 자주 들여다봐야 한다. 교토역에서 셔틀버스를 운영해 이동할 수 있다.
京都市南区上鳥羽塔ノ森梅ノ木１

**기야마치 거리**木屋町通
가와라마치에서 이어지는 샛강길로 좁은 강변 양쪽으로 벚꽃 길이 이어진다. 상점이 많은 시내 중심가이기 때문에 언제나 붐비지만 그만큼 활기찬 벚꽃 풍경을 볼 수 있다.
京都市中京区

**후시미 짓코쿠부네**伏見十石舟
강을 오가는 관광용 나무배와 멀리의 열차, 가득 찬 강변의 벚꽃을 함께 볼 수 있는 곳. 걸어도 걸어도 끝이 안 나는 벚꽃 길에서 사람이 없는 나만의 스폿을 만날 수도 있다.
京都市伏見区南兵町２４７

**교토 부청 구 본관**京都府庁旧本館
1904년에 준공해 문화재로 지정되어 있는 부청 건물. 안쪽에 큰 수양 벚나무가 있어 건물을 한 바퀴 돌아보며 낡은 나무 창틀 사이로 보는 벚꽃 풍경이 색다르다.
京都市上京区 薮ノ内町

**미소노교**御薗橋

시내보다 한결 한적한 가모강의 분위기를 느낄 수 있고 차도까지 이어지는 벚꽃 길을 걸을 수 있다.

京都市北区上賀茂御薗口町 御薗橋


**오카자키 공원**岡崎公園

오카자키 지역의 중심지. 동물원, 미술관, 공원, 난젠지 등으로 접근하기 쉽다. 강을 따라 길게 난 벚꽃 길이 있다. 아이들과 함께 방문할 경우 더욱 추천하는 곳.

京都市左京区岡崎最勝寺町他


**가든 뮤지엄 히에이**ガーデンミュージアム比叡

히에이산 속에 위치한 작은 규모의 식물원. 주로 벚꽃이 모두 진 늦은 봄에 영업을 시작한다. 벚꽃 타이밍을 놓쳤지만 꽃구경을 하고 싶은 사람들에게 추천.

京都市左京区 修学院尺羅ヶ谷四明ヶ嶽4

# 여름

여름의 잔상.

어릴 때 엄마가 잘라주던 수박 앞에 아기 새처럼 입을 벌리고 앉아 있던 일, 긴 밤을 달려 도착한 해변, 커다란 뭉게구름이 매일 새로 피어나는 파란 하늘과 길고 진득한 햇살. 알록달록 물든 기억에서 단내가 난다.

# 여름 풍경 소리

수십 개의 풍경이 솔바람을 타고 흔들리던 날.
푸르고 진한 초여름의 숲에서 달려 나오는 열차.
파도처럼 일렁이는 나무 위에서 달아나는 새들.
끈적한 비구름이 덮여 있던 날,
그림자 하나 없이 차분해진 승강장.

鞍馬駅, Kurama Station

# 취향의 위로

좋아하는 것들의 취향이 크게 변하지 않았다는 점은 때때로 나를 안심하게 만든다. 오래전 찍은 사진이 여전히 마음에 들 때, 어떤 곳에서든 내 취향의 장소를 찾아내고야 말 때. 20대에도 30대에도 늘 비슷한 것들에 시선을 둔다. 여행, 휴식, 음식, 사람 할 것 없이 잘 변하지 않는 편이다.

취향은 시간이 흐를수록 견고해진다. 마음의 집에 들여놓은 것들이 모두 완고하고 온전하게 자기 자리를 차지하고 있다. 작은 집에 차곡차곡 모아둔 취향은 어느새 제법 몸집이 커져 나를 지킨다. 지켜준다. 상처받거나 아픈 일이 있을 때, 금세 어떤 걸 꺼내와 위로해야 하는지. 나를 가장 잘 아는 것은 내 안의 단단한 집이다.

오늘은 달콤한 과일향이 나는 차를 준비하자. 따뜻하게 우린 차를 얼음 위에 붓고 예쁜 컵을 골랐다. 그러고는 기분에 어울리는 음악을 재생시킨다. 하얀 테이블 앞에 무릎을 모으고 앉아 티타임을 갖는다. 메모지를 꺼내 아무 말이나 적어본다. 적고 싶은 게 떠오르지 않을 때는 책을 따라 적는다. 글씨를 쓰는 일은 내가 자주 꺼내는 기분 전환 방법이기도 하다. 막 써도 상관없는 노트를 테이블 위에 올려놓고 지낸다. 망치면 찢어버려도 괜찮다. 배고픈 날에는 오늘의 식사 후보를 다섯 개 이상 적기도 한다. 왜 이렇게 세상에는 맛있는 게 많을까? 질문을 남기고, 맛을 하나하나 떠올리다 보면 절로 즐거워진다. 그렇게 한참을 아무 말이나 끄적이다 마음에 드는 걸 적게 되면 따로 다이어리에 옮겨놓는다. 찻잔이 거의 비워질 때쯤이면 기분이 한결 나아져 있다. 이런 별것 아닌 사소한 취향의 위로는 나만이 내게 줄 수 있는 일이다.

여행지에서 마지막 날 어디에 갈지 고르는 일은 여행 내내 가장 오래 고민하고 고뇌하는 부분이다. 마음처럼 잘 풀리지 않는 여행이라도 마지막 행선지가 100점이라면 좋은 여행으로만 기억에 남는다. 일기예보에는 '돌풍이 불겠습니다'라고 적혀 있었다. 바람이 많이 부는 마지막 날. 나를 가장 행복하게 만들어주는 곳은 숲일 것이다. 나무를 보러 가는 게 좋겠다.

鞍馬本町, Kuramahonmachi

데마치야나기역出町柳駅에 가서 에이잔 열차를 타고 종착지인 구라마역鞍馬駅에 내렸다. 숲속의 산장처럼 생긴 구라마역은 여름이면 역 내부에 수십 개의 풍경을 달아놓는다. 바람 부는 날과 가장 잘 어울리는 곳이다. 바람에 짤랑대는 풍경 소리와 함께 나무 틈에 숨어 있던 새들도 함께 울며 저마다 고운 소리를 내느라 바쁘다.

이곳은 기운이 좋은 파워 스폿으로 유명한 '구라마 신사'에 갈 수 있는 역이다. (구라마 신사는 산 중턱에 있기 때문에 여기에서부터 등산을 하거나 로프웨이를 이용해 이동할 수 있다.) 몇 몇 상점을 제외하고는 거의 아무것도 없어 비교적 다른 곳에 비해 한적한 시간을 보낼 수 있다. 열차에서 내린 사람들이 모두 흩어진 후 잠시 역사에 앉아 풍경 소리를 듣다가 움직였다. 역 바로 앞에는 코가 길고 무섭게 생긴 '덴구' 동상이 있다. 도깨비와 형상이 비슷한 덴구는 빨간 얼굴에 괴기스러운 표정을 짓고 있지만 숲을 지키는 존재다. 덴구와 인사를 나누고 가볍게 동네 한 바퀴를 걸었다.

뜨거운 여름날의 숲은 '찬란하다'라는 표현과 더없이 어울린다. 세상에 이토록 많은 초록이 한눈에 그득 담긴다는 것이 괜스레 행복하다. 오후의 바람, 여름의 숲. 다른 것 하나 없이도 오롯이 내 취향의 것들만 산들바람을 타고 날아든다. 구라마에 오기를 참 잘한 날이었다.

　이미 좋아하는 것들이 수백 개도 넘는 여행지에서, 새로이 마음에 들어오는 무언가를 찾는 일을 게을리하지 않으려고 한다. 늘 같은 곳을 걷고 같은 음식을 먹지만 분명하고 명백한 취향 찾기 중이다. 좋아하는 것들이 한층 더 겹겹이 쌓여 내일의 기쁨을 가져다줄 것이다.

# 여기 사는 고사리들은 모두 행복하겠다

오하라大原를 걸으며 혼잣말을 중얼거리다가 우리 집에서 살다 떠난 몇 개의 고사리들을 떠올렸다. 죽이기도 힘들다는 식물인데 그걸 몇 번이나 떠나보냈다. 코로나로 집에 있는 동안 우리 집 베란다는 나의 작은 정원이었다. 다시 출국 길에 오르고, 집을 비우는 일이 잦아지고, 중간중간 물주기와 환기를 하러 와주는 친구가 있기는 했지만 사랑과 정성에서 멀어진 아이들은 하나둘씩 시들어갔다. 결국 단 몇 개의 화분만 거실로 들여놓고 모두 정리했다. 이렇게 사는 동안에는 식물을 키우지 말아야겠다고 생각했다.

식물과의 아픈 이별을 겪은 탓인지 오하라의 고사리와 이끼들이 더 친근하게 느껴졌다. 그리고 시원한 물줄기와 푸른 숲, 한 번씩 다녀가는 나비나 벌, 곤충들과도 자유롭게 만날 수 있는 이곳의 식물들이 더욱 행복하게 보였다.

　　오하라는 숲을 좋아하는 사람들에게 언제나 추천하는 여행
지다. 교토 시내 북쪽의 외진 지역에 있어 버스를 타고 한 시간
쯤 들어가야 한다. 버스에 앉아만 있으면 되는 일이니 가는 법이
어렵지는 않은데 이상할 정도로 오하라행 버스 정류장을 잘 찾
지 못한다. 어렵게 찾고 난 후에도 분명 오하라로 가야 할 버스가
다른 곳으로 향하는 일을 겪기도 했다. (교토 버스는 회사가 많
고 복잡해서 행선지를 잘 확인하고 타야 한다.)
　　몇 번의 오하라행을 실패한 뒤, 오늘은 정말 큰맘 먹고 숙소
에서 나왔다. 정류장 위치를 몇 번이나 확인하고, 근처에 적혀 있
는 오하라 버스 정류장 안내 문구도 꼼꼼하게 확인했다. 그렇게
도착한 정류장에는―이번에도―오하라행 버스의 번호가 보이지
않았다. 일단 버스 시간이 다 되었으니 그냥 기다려보기로 했다.
나중에야 알았지만 맨 밑에 아주 작게, 한자로 적혀 있고, 그 옆
에 개미보다 더 작은 사이즈의 글자로 'ohara'라고 적혀 있기는
했다. 하마터면 오늘도 포기할 뻔했다.

　　복잡한 시내를 벗어나 구불구불한 산길을 한 시간 가까이
달려 도착했다. 살기 좋은 세상의 유복한 풀들을 이리저리 구경
하고, 예전보다 한적해진 상점가도 구경했다. 오하라는 오래전

여자들이 모두 가장의 역할을 하며 멀리 교토 시내까지 직접 짐을 지고 걸어가 장사를 했다고 한다. 때문에 거리 곳곳에는 그들이 걷던 길이라는 동상과 표식이 남겨져 있다.

예정에 없던 소나기가 쏟아졌다. 커다란 나무 밑에 숨어서 잠시 비를 피했다. 산길을 걸었더니 다리도 아프고 비가 꽤 길게 이어지는 듯해 잠시 바닥에 쪼그리고 앉아 제 맘대로 자라 있는 잡초들을 구경했다. 이름 모를 작은 꽃이 핀 풀, 통통 바닥에서 튀긴 빗물을 맞고 파르르 몸을 떠는 얇은 이파리, 너희들도 모두 좋은 생이구나.

돌아갈 버스 시간이 다가오는데 좀처럼 비가 멈추지 않아 몇 걸음씩 다음 나무로, 다음 처마 밑으로 달려갔다. 촉촉한 고사리 한 포기가 된 느낌이 어쩐지 싫지 않았다.

大原, Ohara

# 모모하루

계절을 하루하루 새겨 넣는 창. 마른 가지에 잎이 돋아나고, 무럭무럭 자라 따사로운 볕과 바람을 만끽하다 한 해의 끝 무렵에는 샛노란 작별 인사를 구하는 자리.

이 모든 것들이 그저 이곳이라 더 좋은, 모모하루의 시간.

百春, Momoharu

# 버스 여행

버스에 올랐다. 과거 어느 시대의 것이라며 전시장에 있을 법한 모습이다. 긴 세월을 지나온 것 같은 모양새지만 해진 곳 없이 깨끗했다. 새것처럼 윤이 나는 천장에는 버스 손잡이, 좌석, 알림 전광판, 오르고 내리는 사람들, 주변의 모든 것들이 어른어른 비친다. 흔들흔들 달리는 버스에서 이렇게 내내 일렁이다 반대쪽으로 빨려들어 갈 것 같았다. 거기에는 또 다른 행선지가 기다릴 것 같았다.

천장 속 세상을 한참이나 들여다보다 이번에는 가까이로 시선을 옮겼다. 폭신한 좌석 시트에는 오밀조밀 작은 그림이 모여 있었다. 아라시야마의 도게쓰교, 산속의 도리이, 대나무 숲, 벚꽃, 단풍까지 교토의 곳곳이 새겨져 있었다. 미술관에서 발견한 멋

진 그림 앞에 선 듯이 몸을 돌리고 앉아 하나하나 들여다보았다.

잠시 쉬는 동안에도 잊지 않도록 꾸준히 속삭인다.
나는 지금 아주 멋진 곳에 있어!
이동하는 시간마저 사랑스러움으로 가득 찬다.

# 모두의 기억이 오래 간직되기를

영화의 시작으로 알려진 뤼미에르 형제의 열차 영상은 상영 당시 보던 이들 모두 실제로 열차가 돌진하는 줄 착각해 혼비백산 도망쳤다는 기록이 있다. 사진을 이어서 보던 키네토스코프 Kinetoscope의 시대가 끝나고—흔히 책 끄트머리에 연결되는 그림을 그려 좌르르 넘겨보는 것과 비슷한 원리다—시네마토그래피라는 움직이는 영상이 시작되던 시대에 살아보지 못한 게 아쉽다. 얼마나 큰 발명이자 발견이었을까.

프랑스에서 시작된 영화의 기록은 일본에서도 이어졌다. 바로 교토의 한 폐교에서.

붐비는 기야마치木屋町에 있는 아주 오래된 건물, 릿세이 소학교.

과거 초등학교였던 이곳은 1993년에 폐교된 후 다양한 용도로 사용되고 있다. 일본 최초의 영상물이 상영된 곳도 바로 이 릿세이다. 3층에는 이 역사의 기록을 이어가는 독립 극장이 있다. 이곳은 일본 영화 역사를 기념하는 공간으로 관련 세미나와 특별 상영들이 이어지고 있었다.

폐교의 오래된 마루는 밟을 때마다 삑삑 소리를 냈다. 기념관으로 만들어둔 교실 안에는 학교의 오랜 역사와 낡은 흑백사진들이 걸려 있다. 칠이 벗겨진 벽과 낡은 흔적이 역력한 창가. 이런 분위기는 어쩐지 조금 긴장된다. 1800년대 학생들이 뛰어다니던 과거의 시간 어디쯤에 멈춘 듯한 공간. 누군가의 걸음 소리가 귓가에 가깝고 날카롭게 꽂히는. 조용하고 공허한 폐학교였다. 화장실 표지판을 따라가니 들어갈 수 없게 막아둔 운동장이 나왔다. 아무도 밟지 않은, 아니 그러지 못하는 운동장을 보는 건 처음이었다. 화장실 가는 길이 이렇게 무서울 일인가 싶다. 영화의 원천지를 보러 왔다가 졸지에 폐교 체험을 하고 있었다. 살금살금 도착한 화장실 앞에는 수돗가가 있었다. 깨지고 떨어진 하얀 타일이 더덕더덕 붙어 있었다. 수돗가를 보는 건 학창 시절 이후 처음이다. 체육 시간이 끝나면 둘러 모여 손을 닦고, 얼굴을 벅벅 씻어대던. 친구에게 물을 뿌리고 이리저리 뛰었던 왈가닥의 기억.

그제야 긴장된 마음이 조금 풀린다. 누군가의 어린 시절이 여기 남아 있었다. 아까 본 흑백사진 속 사람들도 작은 꼬마였던 시절에 이 운동장을 달리고, 여기에서 손을 씻고, 친구의 이름을 크게 부르며 교실로 달려갔을 것이다. 이곳에 소복이 쌓인 누군가의 어리고 새파란 날들이 그려졌다.

이후로 릿세이에 종종 찾아갔다. 1층 교무실 자리는 카페로 사용 중이었다. 옛날 칠판과 집기가 그대로 남아 있었다. 카페 문을 열 때마다 교무실 문을 열던 긴장감이 느껴졌다. 옛날에도 지금도 참 열기 힘든 문이다. 여기에서 보내는 시간에는 어떤 향수가 따라왔고, 절로 평온함으로 이어졌다. 복잡한 교토 시내에서 릿세이는 내게 완벽하게 몸을 숨길 은신처였다.

하지만 한적한 폐교가 내게는 조용하고 평온한 휴식을 주더라도 잘 활용이 되고 있는지는 의문이었다. 3층 극장에도, 카페에도 오가는 사람이 많지 않았다. 결국 건물은 몇 년 후 공사 천막에 가려졌다. 세월이 흐르면 오래된 것들은 하나둘씩 사라지기 마련이지만 그걸 지켜보는 마음은 언제나 쓸쓸하다. 초등학교 때 살던 집이 흔적도 남지 않고 새 아파트로 바뀌었을 때, 뛰어놀던 놀이터도, 방앗간처럼 들락거리던 문방구도, 종이컵 하나에 떡볶이를 담아 300원에 팔던 분식집도, 모두 아파트와 상가로 변했다. 이제 추억은 모두 역사 속으로 사라졌다.

허망하고 서운하고 섭섭함. 그때의 마음을 릿세이를 가린 공

릿세이의 과거와 현재

사 천막 앞에서 다시 한번 느꼈다.

　그리고 몇 년 후 그 자리에 열린 새로운 건물을 찾았을 때 조금 놀랐다. 둥근 아치형의 릿세이 입구가 고스란히 남아 거기에, 그대로 있었다. 아무도 들어갈 수 없었던 운동장은 인조 잔디가 깔리고 도심 속 피크닉 장소가 되었다. 사람들은 각자 챙겨온 매트와 음식을 늘어놓고 시간을 보냈다. 유명한 체인 카페와 베이커리, 도서관이 들어왔다. 삐그덕거리던 바닥의 마루를 떼어내고 내부는 모두 현대적이고 깔끔한 인테리어로 옷을 갈아입었다. 1층 카페의 얇고 긴 격자형 창문은 원래 건물의 형태를 그대로 유지했다. 80년 전부터 학교에서 사용했던 피아노는 현대식으로 복원해 로비에 전시해놓았다. 기존 폐교의 흔적을 어느 정도 보존하고 재생시키는 방법으로 릿세이를 기억하는 사람들의 마음을 해치지 않고 새 공간으로 완전히 재탄생시킨 것이다. 완전히 사라졌다는 아쉬움 대신 곳곳에 남아 있는 흔적들을 찾는 묘미로 오히려 더 재밌는 공간이 되었다.

　릿세이의 새옷은 세련되고 깔끔했다. 더 이상 여기에 찾아와 너덜너덜해진 페인트 자국을 보며 겁에 질리다 서서히 좋아하게 되는 그런 일은 없겠지만, 대신 더 많은 사람들이 건물을 오간다. 유행에 민감한 젊은이들부터 천천히 걷는 노인들까지, 모두가 릿세이에 모인다.

'재생'이라는 단어가 가진 의미를 가만히 곱씹어본다. 누군가에게 다시 사용될 수 있다는 일. 자신이 품었던 재학생들보다 훨씬 더 긴 세월을 산 릿세이가, 더 오래 더 많은 사람들의 기억 속에 자리 잡게 될 것이다.

# 소원 빌기가 취미라서요

소원을 빌 기회가 있다면 언제 어디서든 준비되어 있다. 늘 갖고 싶은 것도 하고 싶은 것도 많은 탐욕형 인간이기 때문에 더더욱. 한 100번 빌면 뭐라도 하나 걸리겠지. 일단 손부터 모으고 보자. 신이시여.

그런 내 앞에 700년을 살았다는 소나무가 있다. 몇백 년 살 았다는 나무들을 많이 봐왔지만 이만큼 거대하고 산신령처럼 보이는 나무는 드물었다. 영물이 있다면 이 나무가 아닐까 하는 생각이 절로 들었다. 이 소나무는 같은 자리에서 긴 시간을 버텨왔다. 얼마나 많은 사람들의 이야기를 들었을까. 내 이야기도 하나 들려주어야겠다. 소원 빌어야지.

가볍게 자기소개부터 시작했다. '안녕하세요. 저는 서울에서 온…' 이루고 싶은 것이 많을 때에는 대충 눈덩이처럼 뭉쳐서 말하면 된다. 정성스럽게 마음에 담긴 말을 양손에 모았다. 다행히 내 소원은 딱 한마디로 함축할 수 있다. '행복하게 해주세요.'

　과연 소나무는 내 소원을 이루어줄까. 교토에 있으면 여러 신사를 다니게 된다. 오마모리お守り라고 부르는 몸에 지니거나 지갑에 넣어놓는 부적도 기념품으로 자주 샀다. 히라노 신사平野神社에는 벚꽃 모양의 오마모리를 판다. 펼쳐서 소망하는 일을 적고 소지하면 소원이 이루어진다고 했다. '혹시라도 이루어질지도 모르니' 언제나 공들여서 내용을 적는다. 부적을 다이어리 귀퉁이에 끼워놓고 늘 지니고 다녔지만, 대체로 그러하듯 소원은 잘 이루어지지 않았다. 그렇다고 매번 소원 빌기가 실패에 그치는 것은 아니었다. 야스이콘피라구安井金比羅宮는 악연을 끊어주고 좋은 인연을 이어주는 신이 있는 곳이다. 신사 한가운데 있는 사자상 다리 밑을 기어가야 하는데, 세상에는 나쁜 인연을 가진 사람이 얼마나 많은지 긴 줄을 서서 기다려야 한다. 옆에서 낄낄대며 웃어줄 친구도 하나 없이 혼자 진지한 표정으로 바닥을 기어야 한다는 것이 솔직히 많이 부끄러웠지만, 거지 같은 악연을 끊을 수 있다면 기꺼이 노력할 수 있는 부분이었다. 사자 다리 밑을 기고, 동전도 툭 던지고 기도했다. 신기하게 그 소원은 절반쯤 이루어졌다.

　가장 최근에는 오이케 거리 부근의 미카네 신사御金神社에 다녀왔다. 이곳은 입구부터 금색으로 번쩍번쩍거리는 도리이가 서 있는 규모가 작은 신사다. 무려 금전에 축복을 내려주는 신이 있다는 말을 듣고 한달음에 달려가 부적을 사고 소원을 빌었다. 미카네 신사에는 나처럼 황금빛 은총을 바라는 사람들이 정말 많았다. 신사의 절반이 부적을 파는 공간으로 사용됐다. 너도나도 손을 내밀어 부적을 고르고 높은 곳에 앉아 있는 직원에게 돈을 지불했다. 그 모습이 조금 기묘했지만 금전운이라면 나도 절대 포기할 수 없었다. 종류가 다양한 부적을 두고 옆 사람에게 물어도 보고 사전으로 모르는 단어도 찾아보며 그 어느 때보다 진심을 다해 골랐다. 운세 뽑기도 했다. 결과는 '대길!' 주먹을 꽉 쥐고 '오예!'를 외쳤다. 기쁜 마음으로 또 동전을 기부하고 '신이시여 내 통장에 축복과 은총을!!' 염원을 남기고 돌아왔다. 이 소원은 아직 진행 중이니 부디 성공담에 올릴 수 있기를 바란다.

어쩌면 소원 비는 행위 자체가 나의 즐거운 취미일지도 모르겠다. 세상 수많은 신들 중 어느 자비로운 분께서 이 어린양의 마음을 들어주실지 모르니, 오늘도 일단은 빌어본다.

'일이 끊이지 않게 해주세요.' '돈을 많이 벌게 해주세요.'

시작부터 큰 소원이다.

'살 빠지게 해주세요.' '아침형 인간이 되게 해주세요.'

이건 내 의지에 달렸지만 신이 도와주신다면 기꺼이 받아들이겠다.

　이외에는 '가족들이 모두 건강하게 해주세요.' '조카가 아름다운 세상에서 지낼 수 있게 해주세요.' '호남형의 적당한 남자와 이어지게 해주세요.' '다툼과 갈등 없는 삶을 살게 해주세요.' 이런 것들. 내가 너무 큰 꿈을 갖고 있나. 이루지 못할 정도라고는 생각하지 않는데 대체 얼마나 어려운 일이기에 도통 아무도 들어주지 않는다.

　맨 앞에 자리를 잡고 앉아 따뜻한 말차와 화과자를 받았다. 데워진 찻잔이 기분 좋아 양손으로 꽉 쥐었다. 그리고 이번에도 '행복'이라는 말로 두루뭉술하게 이 모든 소원을 빌어본다. 혹시나 하는 마음으로.


　평일 오후의 호센인宝泉院은 크게 붐비지 않는다. 오하라에 오는 사람들 중 대부분은 산젠인三千院에 가고 그중 일부만이 호센인까지 넘어온다. 대체로 나처럼 혼자 온 사람들이었고 저마다의 편안한 자세로 오래 앉아 있는다. 때마침 들어온 스님이 앉아 있던 사람들에게 이런저런 소개를 해주었다. 90년 전까지는 이름도 주소도 없는 무명의 절이었던 호센인은 교통의 발전으로 조금씩 알려지기 시작했다고 한다. 오래전에는 호센인의 소유가 아니었던 이 정원의 나무로 인해 절에 더 많은 사람들이 찾아왔고, 현재는 우리 절의 고마운 가미神, 즉 '신'이라고도 부른다고 했다. 이외에는 구석구석의 아름다운 뜰도, 바로 옆의 모래 정원도, 좋은 곳이 많으니 천천히 즐겨달라는 말을 남겼다. 스님이 떠난 후에 다시 사람들은 각자의 자리에 앉아 정원의 풍경을 즐겼다. 비가 부슬부슬 내리던 흐린 오후, 축축하게 젖은 나뭇잎에서 한 번씩 고인 빗물이 뚝 떨어지는 소리가 들렸다. 커다란 나무가 한눈에 보이는 정원은 마치 액자 속 그림처럼 보여 '액자 정원'이라고도 부른다. 나도 그 앞에 앉아 한참을 바라보고 있었다. 실은 절박하게 신이 이루어주길 바라는 소원은 없다. 기쁜 미래를 상상하는 것만으로도 충분하다. 나의 건강도, 성공도, 사랑도 결국 스스로 쟁취해야 하는 일이겠지만 가끔 이렇게 어리광 부리듯이 털어놓고 나면 한결 마음이 편안해진다. 묵묵한 나무에게 다정한 화답을 받았다.

정원의 이름은 '반칸엔'.
떠나기 어려운 정원이라는 뜻이다.

宝泉院, Hosenin

히가시야마의 여름 산책

東山, Higashyama

## 새의 나무

푸딩은 역시 통통 치는 맛이다. 아기의 포동포동 사랑스러운 볼처럼 자꾸만 탱글탱글 튕기고 싶어지는 맛. 너무 달지도 않고 꼬들한 부분 없이 살살 녹는데, 그렇다고 너무 무른 식감도 아니다. 달걀 맛이 적당히 올라오고 그다음 캐러멜 향이 싸악 덮어주는 조화가 아주 좋다. 정성껏 만들어진 푸딩 한 접시를 받았다.

나무로 된 가구가 구석구석 놓인 가게는 작은 공간에 알차게 많은 짐이 모여 있었다. 티코스터나 트롤리처럼 나무가 아닌 것들도 가게의 색과 닮은 것들을 잘 골라 들여놓았다. 커튼과 같은 패브릭은 모두 바스락거리는 리넨이나 얇은 천들이다. 어떤 것 하나 자기 개성을 뚜렷하게 뽐내지 않고 분위기에 온전하게 스며들어 있었다. 책장 가득 쌓인 책들은 모두 오래 읽은 듯이 보

鳥の木, Torinoki

였다. 한 번만 읽고 자리를 차지하는 것이 아니라 몇 번이고 손
으로 만지고, 다음 장을 넘긴 흔적이 남아 있다. 책장 옆에 툭 걸
린 말린 꽃도, 어쩐지 주인이 직접 골라 천천히 오래 간직하고 말
린 듯이 보였다. 모든 것이 소중하게 함께 나이 들어간다는 느낌
이 났다. 이 가게에 머무는 짧은 시간이 주인에게는 어두운 현상
실에서 자가 인화한 사진 한 장과 같은 기억의 형태로 간직될 것
같았다. 스쳐가는 것들이 모두 멈추어 쉬어가는 곳이었다. 자신
의 공간과 물건을 소중히 다루는 사람이 좋다. 좋은 가구는 오래
도록 사용하는 사람과 함께 나이 들어간다는 말이 있다. 아침이
오면 쌓인 먼지를 한 번 털어내고 창을 열어 환기를 시키는 일.
같은 자리에 오래 앉아 있던 책을 꺼내 괜스레 만져보다 똑바로
세워놓는 일. 종이 한 장, 펜 한 자루, 사소한 것들을 정성스레 고
르고 곁에 두는 일처럼 스스로에게 다정한 것이 또 있을까.

가게의 이름은 새의 나무, 도리노키라고 불렀다. 오전부터 내
리쬐는 날에 지쳐 예정에도 없이 바로 앞에 보이는 가게에 들어
왔다. 잠시 카페인과 당 보충이 필요했다. 그러고는 다시 떠나갈
준비를 한다. 나무 위에 앉아 더위를 피하고 열매를 쪼아 먹고
는 금세 어디론가 날아가버리는 새 한 마리처럼. 작은 새의 집이
되어주는, 기꺼이 자리를 내어주는 곳. 도리노키에서의 짧은 머
무름.

# 참새 같은 아이들

조잘조잘 떠드는 소리가 쉴 새 없이 들려온다. 교복을 입은 아이들에게는 특별한 데시벨이 있다. 목소리를 아무리 낮추고 대화를 나눠도 깍깍 하는 소리가 얇고 높게 들려온다. 할 말이 많은 참새들이 한데 모인 것처럼 아이들의 대화에는 소란하다는 느낌 대신 재잘재잘 귀엽다는 쪽의 생각이 더 든다.

하나같이 가방에는 이것저것 많이도 매달려 있다. 교통카드나 작은 인형, 텀블러 파우치를 주렁주렁 매단 아이도 있다. 대체로 비슷한 스타일의 운동화를 신고, 한 손에는 교통 패스를 꽉 쥐고 있다. 나란히 서 있던 외국인에게 말을 걸어 대화를 나누던 여자아이는 다음 단어를 생각하느라 눈을 크게 뜨고 골똘히 고민하는 표정을 지었고, 그들이 무슨 대화를 하는지는 알 수 없었지만 통하지 않는 언어를 주고받는 얼굴에 고단함이라고는 찾아

볼 수 없었다. 작은 콤팩트 카메라로 버스에서 기념사진을 남기고 아이들은 연신 즐거워 보였다. 곧 고조자카五条坂 정류장에서 차가 멈추고 스피커에서 기사의 목소리가 들려왔다.

"청수사에 갈 수 있는 정류장입니다. 버스 뒤로 돌아 횡단보도를 건너고 10분 정도 길을 따라 올라가시면 됩니다. 즐거운 여행 되세요."

아이들이 모두 분주하게 짐을 챙기고는 빠져나갔다. 버스에서 내려 삼삼오오 조를 이루고 인원을 체크한다. 내내 들뜬 얼굴을 하고 있는 아이들을 보고 있으면 슬쩍 미소가 나온다.

버스는 한순간에 조용해졌다. 늘 그렇듯 거의 아무도 말하지 않는, 고요한 교토 버스의 모습으로 돌아온다. 아이들이 지나간 속도가 내가 지나온 시간의 속도 같았다. 잘 떠들고, 잘 웃고, 잘 먹고, 잘 돌아다니던 날들이 엊그제 같은데 멀리도 와버렸다.

내가 고등학교에 다닐 때에는 대부분 경주로 수학여행을 다녀왔다. 어떤 기억이 있을까. 단체 사진을 찍긴 했는데, 어떤 사진이었는지 단번에 떠오르지 않는다.

좀처럼 기억에 남는 일은 없었다. 다만 잠시 부모님 곁을 떠나 친구들끼리 밤을 보낼 수 있다는 것. 자정이 넘도록 수다를 떨다가 선생님에게 걸리는 순간까지도 키득키득 웃음을 멈추지 않았다는 것. 그런 일 외에는 특별한 경험이 되지 않았던 게 아쉬운 줄도 몰랐다. 다들 그랬으니.

　교토에서 마주친 아이들의 수학여행은 역사 탐방이나 기행보다는 친구와 놀러온 여행에 가까워 보였다. 각자 역할을 분담하고 함께 계획을 짜는 여행. 아이들은 원데이 패스를 이용해 대중교통으로 이동하거나 택시 투어를 신청해 현지를 잘 아는 기사님과 함께 다니기도 한다. 단체 일정도 있지만 이렇게 개인 활동 시간을 주기 때문에 도시에 대해 더 세세하게 공부하고 가고 싶은 장소의 위치나 동선을 스스로 파악할 수 있다. 친구와 여행할 수 있는 첫 번째 기회를 학창 시절에서 얻는 건 꽤 멋진 일이다.

　청수사나 은각사와 같은 교토의 손꼽히는 관광지뿐 아니라, 기타노텐만구北野天満宮도 수학여행객에게 언제나 사랑받는 장소다. 이곳은 학문의 신을 모시는 신사라 유독 수험생들과 학부모들이 많이 찾아온다. 소원 나무판 에마에는 합격을 기원하는 글이 빼곡하게 적혀 있고, 아이들이 저마다 동전을 던지고 기도하거나 부적을 신중하게 고르는 모습을 자주 볼 수 있다.


　저녁 무렵 숙소로 돌아가는 아이들 손에 하나같이 쇼핑백이 몇 개씩 들려 있다. 겉에는 대체로 교토의 '京'라고 적혀 있다. 교토의 기념품은 교토와 오미야게(선물)의 합성어인 '교미야게'라고 불린다. 유명한 기념품 숍에서 구매한 선물을 무겁게 손에 든 아이들은, 여전히 종알종알 아기 새처럼 지저귀며 걸어간다.

오늘은 어떤 즐거운 일이 있었는지, 서로 찍은 사진을 교환하고, 조가 다른 아이들이 서로 만나 반가움을 표현하고, 나뭇잎 굴러가는 이야기들을 나누는 아이들의 웃음소리가 멀리까지 들려온다. 언젠가 경주 어딘가에서 높은 목소리로 웃고 떠들었을 내가 아이들 틈으로 걷다가 사라진다.

다시 걸음을 돌려 길을 걷는 나는 기력 없이 지쳤고 피곤하다. 어서 저녁부터 먹어야 할 것 같다.

# 생의 마지막 길

미호로 연결되는 터널의 모티브는 중국의 산문 〈도화원기桃花源 記〉에서 왔다. 한 어부가 길을 잃고 복숭아꽃이 핀 숲으로 들어 서게 되었는데, 신비로운 기운에 이끌려 숲의 끝자락까지 들어 가 한 마을을 발견하게 되었다. 어부는 그곳에서 낙원 같은 삶을 목격하고 사람들에게 큰 대접을 받고 돌아온다. 그러나 이 사실 을 아무도 믿지 않았고 어부 또한 다시는 그곳으로 돌아갈 수 없 었다는 한낮의 꿈같은 이야기다.

푸르게 물든 숲길을 따라 터널로 들어갔다. 걷다가 뒤를 돌 아볼 때면 계절의 색을 품은 터널이 보인다. 봄이면 벚꽃 색으로 물들었고, 여름에는 빨려 들어갈 것 같은 녹색으로 변한다. 바깥 보다 기온이 낮고 먼 곳의 소리가 울리듯이 들리는 터널 속은 이

MIHO MUSEUM

세상의 것이 아닌 것 같은 착각마저 들게 한다.

살아온 계절을 터널 속에 천천히 한 걸음씩 내려놓는다. 만약 생을 마감할 때 꼭 걸어야만 하는 길이 있다면, 나의 마지막 길은 이렇게 생겼으면 좋겠다.

# 나의 친애하는 교토 친구

가만 보면 싫어하는 타워가 없다. 남산 타워, 에펠탑, 도쿄 타워.

복잡한 도심에 우뚝 서 있는 타워는 길 잃을 일 없이 거리의 중심을 잡아주는 나침반이고 등대다. 또한 지금 내가 머무는 곳에 대한 의미를 부여해준다. 숙소에서 타워의 끄트머리라도 보이면 얼마나 기쁜지. 도시의 랜드마크이자 상징… 타워라면 모름지기 이런 느낌이다.

교토에도 타워가 있다. 교토를 방문하는 대부분의 사람들은 '교토역'에서 일정을 시작하게 된다. 역 바깥으로 나오자마자 앞에 떡하니 '어서 와, 여기가 바로 교토란다, 웰컴!' 하고 반겨주는 교토 타워.

나의 첫인상은 안타깝게도, '저건 뭐야…?'로 시작했다. 올라

가서 대체 뭘 보라는 건지 궁금해서 긴 줄을 기다려 들어가보았지만 높은 건물이 거의 없고 저녁이면 시커먼 어둠 속 작은 불빛만 켜두는 교토에서 도통 내려다볼 것이 없었다. 시야가 탁 트인 도시라 언덕에만 올라가도 충분히 한눈에 들어오는 곳이다.

하지만 자꾸 보니 눈에 밟혔다. 코앞에서 올려다보지 않고 멀리서 스리슬쩍 보이는 모습이 나쁘지 않았다. 어느 정원에서 보였고, 어느 골목길에서도 보였다. 어느 호텔 창에서 보였고, 맑은 날이면 청수사 앞에서도 보였다. 자꾸 보다 보니 반가워 타워와 가까운 동네에 가면 일부러 길을 뱅뱅 돌아 예쁘게 보이는 자리를 찾아다녔다. 그렇게 어느새 정이 들었다.

코로나로 오랜 시간이 지나 다시 교토에 도착했을 때, 여전한 자태로 교토역 앞에 서 있는 타워를 우두커니 올려다보았다. 반가움과 기쁨을 담은 마음은 교토 타워에게만 털어놓았다. 우리끼리만 아는 비밀처럼.

가장 좋아하는 교토 타워의 초상은 고조역 부근의 가모강에서 담았다. 산조, 시조의 가모강은 교토의 가장 중심지라 항상 붐비지만 고조까지 한 칸만 넘어오면 부쩍 한가한 분위기로 변한다. 여유롭게 앉아서 그림을 그리거나 책을 읽는 사람들. 종종 지나가는 러너들. 길게 자란 풀잎이 바람에 크게 손을 휘젓고, 다른 곳보다 차분하게 시간을 즐길 수 있다.

고조 다리에서 강가를 따라 걸으면 건물 사이사이로 교토 타워가 자주 얼굴을 내민다. 특히 노을 지는 시간대의 산책을 추천한다. 어슴푸레 내려오기 시작한 어둠, 매일 다른 구름과 노을의 색. 이제 생각해보니 새하얀 교토 타워는 이 풍경들과 너무나도 잘 어울린다. 그걸 알기까지 오래 걸렸다. 못생겼다고 해서 미안해, 나의 친애하는 교토 친구야.

# 멀고 낯선 바다

이른 새벽 눈을 뜨자마자 열차에 몸을 실었다. 졸다가 가끔씩 바깥을 보면 여전히 어딘지 모르는 곳들을 지난다. 바다는 그런 곳이 좋다. 멀고 낯선 곳, 어디쯤일지 지도를 보고 있어도 잘 와닿지 않는 곳. 그 끝에서 만나는 바다.

교토역에서부터 세 시간 쯤 걸려 이네伊根에 도착했다. 허기가 졌지만 먹을 수 있는 게 없었다. 이 먼 시골까지 찾아온 사람들로 식당은 북적였고, 마땅한 편의점도 없으니 먹을 걸 챙겨가라는 누군가의 말을 듣지 않은 탓이 컸다. 구멍가게에서 과자 한 봉지와 귤 주스를 사서 적당히 속만 채웠다.

사진으로만 봐온 이네 후나야는 실제로 가보니 거대한 수상가옥이라기보다는 조그마한 어촌 마을이라는 표현이 더 어울렸다. 한 바퀴 돌아보는 데 오랜 시간이 걸리지 않았다. 구석구석 산과 바다를 끼고 있는 골목길이 예뻤지만 쉴 새 없이 차가 지나다니는 통에 사람들 틈에서 한 줄로 걸었다. 천천히 보고 멈추는 건 불가능했다.

그늘 하나 없는 오후였다. 지쳤지만 시원한 차 한 잔 편히 마실 곳도 찾지 못해 방황하다 선착장에 도착했다. 탁 트인 바다 위로 햇살이 넘실거렸다. 이 북적이는 이네에서 잠시 쉬어갈 곳은 여기뿐인 것 같았다. 시커먼 바다가 일렁이는 걸 가만히 지켜보고 있었다. 멀리서 보트 한 척이 들어와 누군가 타고 내렸다. 그때 대뜸 배 위에 서 있던 남자가 말을 걸었다.

"너 탈래?"

어릴 때 '야타족'이라고 불리는 사람들이 있었다. 고급차를 끌고 밤거리를 다니며 마음에 드는 상대에게 "야! 타!"라며 헌팅을 거는 오렌지족. 그렇게 잊힌 야타족을 이네 후나야에서 만났다. 고급차 대신 보트였다. 나한테 한 말인가? 선착장에 남아 있는 사람은 나 하나뿐이었다. 보트에는 여덟 명 정도의 사람이 앉아 있었고 다들 즐거워 보였다. 어버버 하는 사이에 1,000엔을 내고 배에 올랐고, 구명조끼를 입었고, 자리를 잡았다.

작은 배는 바다를 시원하게 가로질러 달려가 수상 가옥이 한눈에 들어오는 먼 곳에 자리를 잡았다. 둥실둥실 떠 있는 집

伊根, Ine

을 바다 위에서 보는 건 특별한 경험이었다. 집집마다 주차장처럼 선박을 세워놓는 정박장을 가지고 있었다. 오래된 배들은 육지에 올려 물기를 말려야 하지만 최근에는 오래 물에 두어도 망가지지 않는 배로 바뀌었기 때문에 정박장을 새로운 생활공간으로 쓰는 집도 많았다. 메이지 시대부터 사용했다는 낡은 배도, 축제 때만 사용하는 배들도 모두 자기 집에서 편안히 쉬고 있었다.

보트 투어는 꽤 알찼다. 새우깡을 던져 갈매기가 가까이 따라오게 하고, 사진 찍기 좋은 포인트라며 한 번씩 배를 세워주었다. 바다 위에서의 시간은 한없이 평화로웠다. 낯선 바다지만 고요한 파도의 흐름에 금방 마음을 내줄 수 있었다. 이네 마을은 알파벳 C 모양처럼 둥글게 생겼고, 그 앞에는 아무도 살지 않는 섬 하나가 있다. 태풍도 바람도 모두 막아주는 무인도 덕분에 언제든지 이네의 바다는 잔잔하게 흔들린다. 언제고 다시 찾아와도, 어떤 풍파를 달고 와도, 이네에 오면 모두 사라질 것 같았다. 그런 바다였다.

교토역으로 돌아가는 길, 편의점에서 빵과 우유 하나를 사서 우걱우걱 급하게 씹어 먹었다. 며칠 굶주린 사람처럼 먹다가 웃음이 터져 오늘 무슨 일이 있었던 거지? 생각했다.

다음에는 이네 후나야에 짐을 풀고, 하룻밤 묵어야겠다. 바다에서 방금 잡아 올린 신선한 해물 요리를 먹고, 한적해진 마을

구석의 카페에서 차를 마시고 싶다. 해 질 녘에는 이 작은 마을을 자전거로 구석구석 돌아다니고 싶다.

이 먼 바닷마을에서, 아무도 모르는 해변을 찾고, 천천히 오래 보아야겠다.

伊根, Ine

# 일일 일본어 선생님

내 일본어 실력은 설명하기 어렵다. 거의 읽지 못하고 쓰는 건 더 못하지만 그럭저럭 하고 싶은 말을 할 수는 있다. 일본어 학원에 3개월 다녔고, JLPT 3급을 땄다. 하지만 내 일본어는 이런 교육 과정을 통해 배웠다기보다는 근 20년 정도 매일 꾸준히 보는 일본 드라마에서 다 익혔다. 가장 좋아하는 장르는 하필 스릴러와 형사물이라 아마 평생 사용하지 않길 바라는 '살인' '시체' '범인' '피해자' '유괴'와 같은 단어도 서슴없이 떠올릴 수 있다.

상황이 이렇다 보니 어려운 표현은 사용하지 못하고 아마도 초등학교 저학년 수준이 아닐까 혼자 추측한다. 어차피 여행에서는 긴 대화를 나눌 일이 잦지 않다. 짧게 하고 싶은 말만 해도 잘한다고 칭찬받을 수 있다. 그러다 간혹 어려움을 겪을 때가 있다. 바로 대화 상대가 심한 사투리를 쓰는 노인일 경우. 그럴 때는 "안녕하세요. 저는 외국인입니다. 알아듣기 쉬운 말로 부탁해요"라고 말하면 대부분은 웃으며 아이에게 말하듯이 천천히 또박또박 말을 해준다.

신사 매표소에는 나이 지긋한 어르신들이 앉아 있는 경우가 많다. 이 친절한 일본 어르신들은 표만 파는 것이 아니라 어디에서 왔는지, 교토에 와본 적이 있는지, 신사 내부에 어떤 멋진 것들이 있는지 설명해주기도 해 이 날도 저 멘트를 익숙하게 내뱉었다. 할머니는 나를 지긋이 바라보다가 아쉽게도 한국어 가이드 맵은 갖고 있지 않다며 미안해했다. 그러고는 상냥하게, 아주 천천히 또박또박 이야기를 이어갔다. 우메노미야타이샤梅宮大社, 수국이 아름다운 곳이다.

"수국을 보러 왔죠? 여기에는 수국 외에도 예쁜 여름 꽃들이 아주 많아요."

꽃 이름을 하나하나 소개하던 할머니는 아차, 하며 꽃 모양을 함께 설명해주었다. 덕분에 그동안 잘 몰랐던 꽃 이름까지 배웠다. 붓꽃에 이어 창포가 피고, 그다음에 수련이 핀다고 했다.

"창포! 파를 닮아서 전 파꽃이라고 불러요!"

녹색의 긴 줄기 위에 하얗거나 보라색 가녀린 꽃잎이 매달리는 꽃. 내 맘대로 이름 지어 부르는 그 꽃. 파꽃이라는 말에 할머니가 싱그럽게 웃었다. 꽃을 보고 지내는 사람들은 모두 고운 표정으로 웃는다.

대화를 나누는 사이 졸고 있던 고양이 두 마리가 가까이 다가왔다. 몸을 길게 쭉 뻗으며 잠에서 깬 고양이들은 힐긋 이쪽을 보다가 별 관심 없다는 듯 다른 곳으로 가버렸다. 주변에는 여러 마리의 고양이들이 신사 안을 자기 집처럼 편안하게 누비고 있었다. 이곳에는 열 마리가 넘는 고양이들이 살고 있다. 게다가 이 아이들 모두 한 마리의 엄마 고양이의 뱃속에서 나왔다는 이야기가 있다. 마침 이곳에서는 순산을 돕는 신을 모신다고 하니, 어쩌면 그 어미 고양이가 이곳의 신이 아닐까 생각했다.

정원을 천천히 돌며 꽃구경을 즐기고 나왔다. 고양이 한 마리가 배웅을 나왔다. 다시 오겠다는 인사를 건네자 "꼭이요"라며 나의 일일 일본어 선생님이었던 할머니가 눈을 가늘게 휘어 웃으며 답했다.

고양이, 꽃, 정원, 햇살. 그리고 상냥한 사람과 즐거운 대화. 행복으로 촘촘한 여름 오후다.

梅宮大社, Umenomiyataisha

# 여름날 소나기

짧게 지나간 소낙비에 바닥이 흠뻑 젖었다.

해가 기우는 시간이 오자 가게마다 저녁 불을 밝히고 그 빛이 내려앉아 바닥으로 스며든다. 그리고 물이 뚝뚝 떨어지는 투명한 우산, 자전거 안장에 고인 빗물, 더 진한 농도의 색을 뿜내는 꽃잎.

나는 이 도시의 사소함을 사랑한다.

# 여름날의 여행지

## 에이잔 열차 타고 여행하기

### 가모가와 델타鴨川デルタ
에이잔 열차의 출발지인 데마치야나기역出町柳駅에서 도보로 이동 가능한 가모강 지역. Y자의 강이 합쳐지는 구간으로 중앙의 작은 공원과 징검다리 등 다른 동네에서 보는 가모강과는 또 다른 풍경을 볼 수 있다.
京都市左京区下鴨宮河町

### 쓰바메つばめ
개성 있는 상점이 모여 있는 이치조지역一乗寺駅에 있는 가정식 식당. 일본식 집밥 느낌의 메뉴와 따뜻한 분위기를 느낄 수 있다.
京都市左京区一乗寺払殿町５０−Ⅰ

### 다카야스中華そば 髙安
라멘 격전지라고도 불리는 이치조지의 대표 라멘집. 특히 갓 튀긴 가라

아게의 맛이 굉장히 좋아 세트로 먹는 것을 추천한다.
京都市左京区一乘寺高槻町１０


**시선당**詩仙堂
소박하지만 아름다운 정원을 즐길 수 있는 곳. 이치조지역에서부터 오르막길을 한참 올라야 하지만 돌아오는 길에 내려다보이는 조용하고 한적한 동네의 풍경도 빼놓을 수 없다.
京都市左京区一乘寺門口町２７


**슈가쿠인 리큐**修学院離宮
슈가쿠인역修学院駅에서 방문 가능한 정원. 17세기 왕의 별궁으로 사전 예약 후 가이드 투어만 가능하다. 거대한 정원의 규모가 압도적이다. 영어 오디오 가이드를 대여할 수 있다.
京都市左京区修学院藪添


## 여름에만 들을 수 있는 소리, 풍경

**구라마역**鞍馬駅
매년 여름 200여 개의 풍경을 역사 내에 달아놓는 구라마역. 숲의 초입에 있어 바람이 많이 불어 언제 방문해도 풍성한 소리를 들을 수 있다.
京都市左京区鞍馬本町１９１


**마쓰오 대사**松尾大社
손수사手水舍라고 부르는 참배 전 손을 닦는 물가에 600개의 풍경을 빼곡하게 장식하는 곳. 흐르는 물소리와 풍경 소리가 뒤섞여 마음속까지 시원한 느낌을 가져다준다.
京都市西京区嵐山宮町3


**정수원**正寿院
풍령사風鈴寺라고 불릴 정도로 여름철 풍경 행사를 크게 여는 곳. 2,000여
개의 풍경이 흔들리며 내는 소리와 깊은 산속 마을에서 들리는 자연의
소리가 어우러진다.
綴喜郡宇治田原町奥山田川上149



## 오하라, 숲의 마을


**오하라**大原
주로 교토 시내에서 버스로 이동할 수 있다. 버스 타는 법이 다소 복잡
하기 때문에 꼭 오하라에 가는 버스가 맞는지 기사에게 확인하고 타야
한다. 회사가 달라 같은 번호여도 다른 곳에 가는 경우가 있다.


KULM
오하라산 식재료를 다방면으로 활용한 메뉴를 판매하는 가게. 시원하
게 흐르는 다카노강을 바라보며 시간을 보낼 수 있다. 테라스석에서 자
연에 놀러온 기분을 느끼며 먹는 식사도 추천한다.
京都市左京区大原来迎院町117


**커피스탠드 기지리**コーヒースタンド聖
내부에 2인이 앉을 수 있는 작은 좌석이 있지만 주로 테이크아웃이나
스탠드 형식으로 즐기는 곳. 배차 간격이 긴 버스를 기다리며 짧게 시간

을 보내기 좋은 곳이다.

京都市左京区大原来迎院町117


**호센인**宝泉院

입장하면 따뜻한 차와 일식 과자를 내어준다. 한눈에 담기는 오엽송의
풍경이 아름다워 액자 정원이라고도 불린다.

京都市左京区大原勝林院町187


## 히가시야마 여름 산책


**후루카와마치 상점가**古川町商店街

동네의 작은 시장이지만 있을 건 다 있다. 시장 구경을 하고 다코야키나
고로케와 같은 간단한 음식도 맛보자. 천장이 있어 비가 오는 날도 천
천히 둘러보기 좋다.

京都市東山区古川町


**야키니쿠 안도**焼肉ホルモン 安東

상점가 옆 골목에 위치한 작은 가게로 야키니쿠와 호루몬야키를 가볍
게 즐기기 좋다. 고기에 어울리는 한식 메뉴도 일부 있다.

京都市東山区唐戸鼻町551


**야마모토 깃사**やまもと喫茶

노란색 천막과 벽돌 건물이 귀엽게 어울리는 카페. 샌드위치와 파스타
등 식사 메뉴가 다양하고, 푸딩이 유명하다. 이른 오전부터 영업하기 때
문에 하루를 시작하는 장소로 골라도 좋은 곳이다.

京都市東山区石橋町307-2 シャトー・ドミール

## 행자교一本橋

교토에서 가장 붐비는 지역 부근인데 다른 세상처럼 한적하고 여유로운 길. 여름에는 버드나무가 풍성하게 날려 더욱 아름답다. 교토를 배경으로 한 드라마에도 자주 나오는 장소.

京都市東山区稲荷町北組

## 소원을 말해봐

### 야스이콘피라구安井金比羅宮

악연을 끊고 새로운 인연을 맺게 해주는 곳. 새로운 인연을 위해 사자상의 다리 밑을 기어가야 하는 미션이 있다. 모두가 진지한 자세로 임하기 때문에 부끄러워하지 말고 용기를 내보자.

京都市東山区下弁天町70

### 미카네 신사御金神社

금전에 축복을 내려주는 신. 입구의 도리이부터 황금색이라 멀리서도 눈에 띄는 작은 규모의 신사. 금전 운을 올리고 싶다면 추천한다.

京都市中京区押西洞院町614

### 스즈무시데라(화엄사)鈴虫寺

소원을 '꼭' 이루어준다는 소문으로 늘 사람들이 몰리는 절. 방울벌레 울음소리가 가득한 강당에서 잠시 스님의 말씀을 들은 후 부적을 구매할 수 있다. 단, 하나의 소원만 빌어야 한다!

京都市西京区松室地家町31

## 구루마자키 신사車折神社

재능의 신. 특히 예능의 기운을 높여주는 신사. 일본 유명한 연예인들은 모두 방문한다는 말도 있다. 봉납패에서 자신이 좋아하는 유명인의 이름을 찾아보는 것도 재미 중 하나. 최근에는 유튜버나 인플루언서들도 많이 온다고 한다.

京都市右京区嵯峨朝日町23


## 오밀조밀 아기자기하게


### 모모하루百春

조용한 분위기의 작은 카페. 나무로 만든 가구와 창을 통해 보는 은행나무 뷰가 따뜻하게 느껴진다. 프렌치토스트와 타마고산도 모두 부드럽고 촉촉하다.

京都市 中京区常盤木町55種池ビル 2階


### 잇포도차호一保堂茶舗

유명한 티 브랜드의 교토 본점. 선물용 차를 구매할 수 있고 티타임을 즐길 수 있는 좌석도 마련되어 있다.

京都市中京区常盤木町52 寺町通二条上ル


### 이토문방구伊藤文祥堂

소규모 문구점. 간판부터 귀여움 가득이다. 예쁘고 독특한 각국의 문구부터 일상에서 필요한 생활 문구까지, 작지만 내부 구석구석 진열되어 있다.

京都市中京区下御霊前町651-1

**무라카미 가이신도**村上開新堂

100년이 넘은 양과자점. 서양식 외관에 내부의 일본식 다실 등 공간을 즐기기 좋다.

京都市中京区常盤木町62


**히쓰지 도나쓰**ひつじドーナツ

항상 대기줄이 길어 어떤 종류를 고를 수 있을지 장담할 수 없지만 무엇을 골라도 최고의 맛을 자랑하는 도넛. 영업 종료 시간보다 일찍 소진되기 때문에 서둘러야 한다.

京都市中京区大炊町355-1 富小路通


**행원사**革堂行願寺

초여름엔 수국, 한여름에는 연꽃을 가득 피우는 절. 경내에서 지내는 고양이도 여러 마리 있어 꽃과 고양이를 보러 잠시 들르기 좋다.

京都市中京区寺町通竹屋町上ル行願寺門前町


**여름에 피는 가장 화려한 꽃, 수국**


**우메노미야타이샤**梅宮大社

아라시야마에서 한 정거장 거리의 신사. 북적이는 관광지와 완전히 상반된 분위기다. 내부 정원에는 연못을 중심으로 약 140 종류의 다양한 수국을 볼 수 있다.

京都市右京区梅津フケノ川町30

**미무로도지**三室戸寺

역에서 꽤 떨어져 있고 계단을 오르는 등 더운 날씨에 방문하기 쉽지
않은 곳이지만 교토에서 단 한 곳의 수국 명소를 고른다면 미무로도지
일 정도로 풍성하고 다양한 꽃놀이를 할 수 있다.

宇治市菟道滋賀谷21

**지샤쿠인**智積院

시간대를 잘 맞춘다면 다른 곳에 비해 인파의 방해 없이 꽃을 볼 수 있
다. 특히 수국 정원에서 올려다보는 금당의 모습이 아름답다.

京都市東山区今熊野日吉町59−20

# 가을

가을이 왔다는 신호는 아침 공기와 함께 찾아온다.
가벼운 긴팔을 꺼내 입고 오후의 산책을 나선다.
옷장의 옷을 모두 정리하기도 전에
가을은 성큼성큼 큰 걸음으로 떠나간다.

가장 아름답게 빛내고 바스라지는.
문득 눈부시고 문득 서글픈.

# 10월 이야기

부쩍 하루가 짧아진다는 생각이 드는 가을의 초입. 배앵 계절 한 바퀴를 도는 동안 숨죽이고 기다리던 시커먼 마음 덩어리는 꼭 이맘때쯤 찾아온다. 거르지도 않고.

　같은 시간에 걷던 거리에서 볕이 닿은 위치가 변해갈 때, 서둘러 달려온 이른 노을과 마주칠 때. 아 여기까지 와버렸구나, 하는 생각에 잠긴다. 걸음은 느려지고, 고개를 들어 바라본 나무에는 잎이 낡거나 바래 금세 떨어질 듯 위태롭게 보인다. 바닥을 보거나 아무것에도 초점을 두지 않고 걷는 날이 많아진다. 가을의 시작, 내게는 이 순간이 모든 것이 절망으로 보였다. 세상은 점점 잿빛에 가까워진다. 아무것도 더는 빛나지 않을 듯이 생기를 잃는다. 그 사이에 서성이는 내가 가장 어두웠다.

이 낙망의 세상에도 유일한 희망 하나가 있다. 바로 10월. 내가 태어난 달. 생일을 기다리는 것은 아이들만의 일이 아니다. 어른이 되어도 생일을 손꼽아 기다리는 사람이 여기에 있다. 1년에 단 하루, 기꺼이 기뻐해도 좋은 날. 살아 있음을 축복받는 날. 삶을 돌아보고 마음을 다지는 날.

9월 30일에는 자정이 되도록 잠들지 못했다. 자정이 되기 1분 전. 시간을 꽉 채운 시계가 처음으로 돌아가고 숫자가 흘러 '10'으로 바뀌는 순간을 누리고 싶었다.

생일을 자축하기 위해 티끌만 한 소액 적금을 들어놓았다. 1년이면 제법 넉넉한 생일 자금을 손에 쥘 수 있다. 생일을 며칠 앞두고 교토에 갔다. 미리 골라놓은 생일 선물을 사러 들른 가게에서 내 정보를 확인한 직원이 축하 인사를 건넸다. 처음 보는 사람에게 첫 축하를 받는 것도 즐거운 이벤트다. 오후에는 열차를 타고 건널목 사진을 찍거나 골목을 걷고, 익숙한 카페에서 커피를 마셨다. 저녁 식사는 거하게 스테이크 풀세트로 디저트까지 챙겨 먹었다.

또 어떤 생일에는 때를 맞춰 동행해준 친구와 함께 오므라이스를 먹고 산책했다. 10월의 교토는 아직 단풍이 들지 않은 늦여름에 가까운 날이다. 여태 푸르게 흔들리는 나무 아래를 재잘재잘 즐겁게도 걸어 다녔다. 오후에는 주먹밥 두 개를 사서 아무도 없는 놀이터에 자리를 잡았다. 내내 풀이 죽어 있던 긴 터널에서 빠져나와 어린애처럼 들뜬 얼굴로 웃었다. 시간의 어느 한 조각도 선물이 아닌 순간이 없다. 언젠가의 잔잔하고 달가운 생일의 기억이다.

내일도 어제와 크게 변하지 않을 것이라는 걸 안다. 나는 다음 해에도 울적한 감정의 다리를 건너게 될 것이다. 그래도 이제는 이 모든 일이 어느 기쁜 한 달을 위한 일이라는 걸 알고 있다. 기꺼이, 잠시라면. 반성을 하거나 자책을 하는 것도 어쩌면 아주 나쁜 일은 아닐지도 몰라. 분명히 빠져나올 수 있다는 믿음만 있으면 얼마든지. 나는 괜찮을 수 있어.

누구에게나 이런 달이 있으면 참 좋겠다. 지독히도 덥지만 종일 밝은 기운으로 넘실대는 8월도 좋고, 앙상하고 매섭지만 여느 때보다 온기를 전하기 좋은 1월도 괜찮다. 특별한 한 달을 기다리는 일 하나만으로도 시간이 흐르는 것과 나이를 먹는 일 앞에서 조금은 담대해진다. 가지 말라고 절절하게 붙잡아도 떠나는 게 세월이니 적어도 생일이 있는 달 정도는 최선을 다해 행복해지면 좋겠다. 태어나길 잘했다. 더 건강하게 살아야겠다. 이런 마음이 차곡차곡 쌓여 어제보다 조금 더 단단해질 수 있도록.

# 여름은 지난 지 오래지만

테이블이 세 개뿐인 작은 가게였다. 찾아오기도 힘든 애매한 곳에 있고 그마저도 나무 옆에 숨어 잘 보이지 않는다. 카운터는 정신없이 어질러져 있었다. 한쪽에 놓인 명함에는 직접 만든 듯이 보이는 스탬프가 들쑥날쑥 찍혀 있다. 고양이, 치즈, 물고기, 포크, 아이가 만든 것처럼 엉성하게 생겼다. 소극적인 성격일 것 같은 직원은 작은 목소리로 주문을 받고 따뜻한 커피를 조심조심 내 테이블 위에 올려놓았다. 무언가 말하려 망설이는 것 같았지만 눈이 마주치고 응? 하는 표정을 짓자 옅게 웃으며 돌아섰다. 모든 게 어딘가 어설프고 설익게 느껴졌지만 이 엉성함이 어쩐지 싫지 않았다.

손님이 없는 카페는 고요했다. 들리는 건 바깥 소리뿐이었다. 토도독 토도독. 나뭇잎을 타고 흐르는 빗소리와 간혹 자동차 소리만 났다. 큰 나무가 감싸고 있는 카페는 숲속의 오두막 같았다. 가을이 한창이지만 커다란 창에는 아직 푸른 나무가 보였다. 한창때의 계절을 아랑곳하지 않고 이곳의 시간은 여름 어디 즈음에 멈춘 것처럼 보였다.

다음 행선지는 따로 정하지 않았다. 이곳의 시간은 곧 꺼질 것 같은 건전지처럼 희미하게 꿈뻑거렸다. 머금은 커피 한 모금과 양손에 쥔 찻잔에서 따뜻한 기운이 전해졌다.

잠시 이곳에서 보았을 여름을 상상했다. 나뭇잎에 고여 있다 떨어지는 빗물은 끈적한 장마의 것과 닮았다. 볕이 드는 날에는 온 가게를 수놓은 나뭇잎 그림자가 물결처럼 일렁일 것이다. 다음 여름에 다시금 오고 싶은 장소라고 메모를 남겼다. 가을로 접어들면 청록색 이파리의 색이 변하기 시작한다. 여름 내내 온몸으로 맞았을 태양의 색을 섞는다. 종일 쏟아진 비로 이른 오후부터 저녁처럼 어두워졌다. 계절이 잠깐 몸을 숨기기 좋은 날이다.

사실 이곳에는 화창한 날 오고 싶었다. 오늘은 비가 내리는 걸 알면서도 흰 운동화를 골라 신었다. 나의 가을 기분은 들쑥날쑥하고 뭐든 다 거꾸로 하고 싶은 청개구리처럼 군다. 한참을 계절마저 거슬러 올라가 여름을 그리다 나왔다.


부슬부슬 내린 비에 날이 금세 서늘해졌다. 가게 앞에는 커

エバーコーヒー, Ever Coffee

다란 아이스크림 모형이 있다. 이 정도면 카페 이름을 '여름'이라
고 바꿔도 좋지 않을까. 남몰래 하던 여름 여행은 쌩 불어온 찬
바람에 끝이 났다. 코트를 몸 가까이 잡아당겼다. 종일 가을을
떠나보내는 비가 소란하게 지나간다.

# 작은 빛 하나

긴 회사 생활을 정리하고 막 프리랜서가 되었을 때, 거창하지 않지만 적당한 마음가짐과 포부가 있었다. 그 정도 각오로 뛰어든 것이 실수였을까. 여물지 못한 마음은 사소한 일에도 가볍게 무너졌다. 보란 듯이.

고단한 길이었다. 온전히 나 하나 책임지는 일이 이렇게나 힘들었다. 곁에는 아무도, 아무것도 없었다. 내가 탄 배는 수도 없이 난파했고 잠깐 찾아온 고요에는 곧 불어닥칠 바람을 맞아야 한다는 생각에 속이 타들어갔다. 새벽녘까지 머릿속에 떠다니는 온갖 상념과 다투다 대체로 졌다. 허리를 말고 몸을 작게 웅크린 채 아침이 오기만을 무기력하게 기다렸다.

불면이나 수면 장애는 나랑 사이가 먼 단어였는데 뒤늦게 찾아온 잠들 수 없는 불안은 순식간에 내 영혼과 모든 것을 잠식했다. 이 시커먼 어둠 속에서 어떻게 나아갈지 생각해야만 해. 도망친다고 아무것도 해결되지 않아. 왜 그런 말을, 행동을 한 거야. 결정에 책임을 져. 내 불면의 지배자는 혹독했다.

어느 추운 날, 내가 먼저 교토에 도착하고 친구는 일주일 후쯤 합류하기로 했다. 어떤 날은 오후 볕에 살이 새카맣게 탔고, 선크림을 바르지 않은 손목에는 보기 싫은 시계 자국이 남았다. 그러다 또 어떤 날에는 코끝까지 차게 식었다. 얇은 스카프 대신 목도리가 필요했을지 모르겠다. 호텔 베개는 높았고 방은 건조했다. 밤이면 술에 취한 행인의 목소리와 차 소리가 사납게 들려왔다. 특별한 능력이 생긴 것처럼 아주 먼 곳의 소리까지 날카롭게 귓속으로 파고들었다. 눈을 꿈뻑꿈뻑, 감았다가 다시 떠도 어둠은 끝나지 않았다. 가까스로 잠이 들다, 깨다, 제대로 쉬지 못한 다음 날은 더벅더벅 걸었다. 숙소로 돌아와 볼펜을 잡을 힘도 나지 않았다.

며칠 후 친구가 도착했다. 회사에 휴가를 내고 여행을 온 친구는 도착부터 활기로 넘쳤다. 교토역에서 만나자마자 손을 번쩍 들어 크게 흔들며 내 이름을 불렀다.

"나 가고 싶은 가게가 있어. 티백을 몇 박스나 사지? 우리 일단 밥부터 먹자. 돈카츠 먹어야지? 숙소는 어디야? 커피는 어디서 마시지? 어머, 어떡해! 나 너무 신나!"

하고 싶은 말도 가고 싶은 곳도 먹고 싶은 것도 많은 친구에게 종일 바쁘게 끌려 다녔다. 서울에서 챙겨온 멜라토닌 수면 영양제를 기꺼이 내게 나눠주었고, 다음 날 아침이면 다시 또 새벽부터 일어나 나를 질질 끌고 다녔다. 피로가 겹겹이 쌓인 탓에 온 기운을 내지는 못했지만 그래도 모처럼 누군가와 함께 있으니 잡다한 생각이 들지 않았다. 한 걸음에 고민 하나를 꾹꾹 눌러 담던 혼자의 산책보다 편안했다. 맛있는 음식 여러 개를 두고 단 하나의 메뉴를 골라야만 하는 난제에서 벗어나 두 개 더러는 세 개를 시키며 나눠 먹었다.

"미안한데 나 너무 피곤해. 조금만 살살 다니자."

하고 말하면, 알았어 알았어. 대충 대답하고는 곧 다음 목적지로 발을 움직였다. 그렇게 3만 보를 걸었던 날, 다리에 걸친 노을이 예뻐서 잠시 걸음을 멈췄다. 낮이 점점 멀어지고 어두운 밤을 준비하는 가모강. 가게에는 하나둘씩 불이 들어왔다. 불빛은 수면 위에 살포시 내려앉아 살랑거렸다. 반짝이는 밤을 가까이에서 들여다보는 일은 오랜만이다.

잊고 있었다. 밤의 형태는 암흑뿐이라고 착각했다. 밤은 아주 작은 빛도 밝게 만들어준다. 밤이 있기 때문에 더욱 빛날 수 있다. 그 어떤 빛이라도 내 어두운 밤에도 분명히 존재한다.

이날은 모처럼 눕자마자 기절하듯 잠이 들었다. 개운한 얼굴로 잠에서 깨고 친구와 눈이 마주친 나는 3만 보를 걸은 탓이라고 말했다.

"내가 덜 피곤했네, 그동안."

아침부터 깔깔깔 하고 크게 웃었다.

작은 불빛들이 모이고 모여 커다랗게 비추던 저녁의 강가. 내가 두려워하던 일은 무엇이었을까. 시간이 흐르니 정확하게 그게 뭐였는지 잘 기억조차 나지 않는다. 모두 그 강물에 떠밀려 내려간 것처럼.


누구나 새카만 적막 속에 갇힐 수 있다. 두려움과 어려움은 삶의 방해자로 남는 것이 아니다. 헤맬 만큼 헤매고 출구를 찾아내면 된다. 지레 겁먹고 숨지 않아도 괜찮다. 극복만큼 스스로에게 큰 선물은 없을 테니.

금방이라도 꺼질 것처럼 미약한 불씨를 손으로 감싸 지켜주었다. 다시 자라나 환하게 밝힐 수 있도록. 언젠가, 언제든, 어디에서라도 반짝일 수 있도록. 까만 밤에서 이제 조금은 덜 헤매고 걸어갈 수 있도록.

가을에는 더욱 정감 있고 다정한 사람이 되고 싶다.
손에 남은 모래알을 유리병에 담아 돌아오는 것처럼,
오래 간직하고 싶은 이 아담한 계절.

# 달걀 러버의 고민

한 해에 달걀만 480개는 먹을 법한 달걀 러버인 내게 일본 여행
에서 빼놓을 수 없는 코스는 '맛있는 타마고산도'를 찾아다니는
일이다. 매일 먹어도 질리지 않는 맛. 포슬포슬하고 김이 폴폴 나
는 달걀과 뽀오얀 식빵. 소금을 따로 주는 가게라면 달걀 위에
탈탈 뿌려서 먹어도 맛있다.

타마고산도를 찾아 떠난 여행에서 처음 만났던 '송버드 커피
SONGBIRD COFFEE'.

카페 이름 송버드는 '고운 소리로 우는 새' 정도로 해석하면
될까. 디자이너인 주인이 직접 만들었다는 가구와 푸르고 커다
란 잎을 가진 식물이 가득해 숲속의 새장에 슬쩍 들어오는 기분
이 드는 곳이다. 메뉴를 받아 든 나는 망설이지 않고 "타마고산

도 하나 주세요"라고 말하면 됐는데, 메뉴판에서 눈을 떼지 못하고 한참을 머뭇거렸다. 둥글고 납작하게 눌린 밥과 그 위에 올려진 새알 하나. 달걀을 감싼 양파 크리스피는 얼핏 보면 둥지에 삐져나온 지푸라기 같았다. 다른 테이블을 살펴보니 다들 카레 하나 타마고산도 하나, 이 두 가지가 이곳의 시그니처 메뉴였다. 하지만 혼자 앉아 있는 내게는 가혹한 선택지다. 달걀 다음으로 좋아하는 소울 푸드가 하필이면 카레라니. '초심을 잃지 말자…' 마음을 가라앉히고 먹은 타마고산도는 역시 맛이 좋았다. 그러고는 결국 코에 묻힌 카레 냄새를 잊지 못하고 며칠 후 다시 찾아와 카레를 시켰다. 카레 맛은 보통이었지만 사실 이건 앞으로도 영원히 선택할 수 없는 영역이다.

몇 년 만에 다시 송버드에 가던 날, 전날 밤부터 어떤 메뉴를 골라야 할지 한없이 고민했다. 왜 다시 시련 앞에 서 있는 걸까. 왜 인간의 배는 하나일까. 왜 나는 2인분을 한 번에 먹어 치우는 사람이 아닌 걸까.

조심스럽게 문을 열었다. 길게 자라 잎을 내린 화분. 바나나가 매달려 있는 선반 위. 따스한 목재의 결이 담긴 가구들. 시대의 흐름에 따라 칸막이가 생긴 1인 테이블. 커피 냄새와 카레 냄새, 갓 구운 버터 냄새가 풍겨왔다. 모든 게 대부분 이전과 크게 달라지지 않고 남아 있어 마치 언제나 오던 단골손님이 된 기분이었다. 그리고 여전히 결정하지 못한 채 일단 받아 든 메뉴판에는 엄청난 변화의 메시지가 담겨 있었다.

[기간 한정 송버드 카레와 타마고산도 하프사이즈 반반 런치]
두 가지 다 먹고 싶은데, 보통의 양이라면 너무 많아! 라고 말하는 1인 손님에게 이득인 메뉴입니다.

신은 분명 존재한다.
그렇게 나는 몇 해에 걸친 메뉴 고민을 완벽하게 마무리 지었다. 보드라운 달걀과 가볍게 발린 머스터드 소스, 새하얀 식빵을 한 움큼 씹었다. 절반 세트이지만 하나가 온전히 올라가 있는 카레 위 달걀도 기쁘게 절반을 갈랐다. 이런 참신한 세트 메뉴가 탄생하는 격동의 변화를 겪었음에도 그 맛은 그대로 지켜졌다. 모든 게 얼마나 행복한지, 이 순간을 '교토 기쁨 세트'라고 이름 지어 불러야겠다.

# 아주 평범한 오후

보름 치 짐을 쌌다. 두툼한 니트와 코트를 넣었더니 캐리어 두 개가 금방 찼다. 그게 아니더라도 평소에 이사 수준으로 여행 짐을 싸는 편이라 가방은 처음부터 두 개인 쪽이 더 편하다. 그러니 대부분 교토역에서 숙소로 이동할 때에는 택시를 탄다. 친절한 기사님들이 짐을 실어주고, 문도 열어주고, 즐거운 여행 되라며 덕담도 나눠준다. 이 안락함은 돈으로 사기에 충분한 가치가 있다.

그런데 왜 오늘따라 지하철을 선택했을까. 괜찮다고 생각했던 것 같다. 하지만 30인치와 20인치 캐리어를 양손에 하나씩 들고 지하철을 타는 일, 출구를 찾아 나오는 일, 거기서부터 숙소까지 800미터를 걸어가는 일은 어느 한 구석도 괜찮을 리 없다. 바퀴 하나가 망가졌고 두툼한 점퍼를 걸친 등에서는 땀이 흘렀다. 게다가 아직 체크인 시간이 되지 않아 잠시 숨 돌릴 틈도 없이 나와 떠돌 곳을 찾았다.

그 후로 열흘 이상 비가 오고 날이 흐렸다. 장마도 태풍도 아니었다. 그냥 열흘이 넘도록 하루에 한 번은 비를 맞았다. 날이 칙칙해지면 어깨에 먹구름을 짊어 멘 것 같았다. 처음 며칠간 괜찮아 최면을 걸다가 결국 포기해버렸다. 세찬 바람에 나뭇잎은 사정없이 떨어졌다. 마지막으로 매달린 이파리를 보며 '아, 이런 걸 보고 마지막 잎새라고 하는 건가…' 작은 목소리로 힘없이 중얼거렸다. 숲을 보면 조금 나아질까 싶어 식물원에 갔다가 키 큰 나무들이 만든 어두운 길에서 무서운 상상만 하다가 나왔다. 결국 때가 되면 밥을 먹고, 커피를 마시는 일 외에는 모든 것이 지루해졌다.

대충, 대애충, 저녁이 오기만을 기다리며 꾸역꾸역 일정을 소화하던 어느 날. 일기예보에 드디어 해님 아이콘이 등장했다. 오늘 밤부터 바람이 강하게 불어 먹구름이 모두 쓸려가고 내일은 종일 맑다는 소식이었다. 반쯤 누워 있던 몸을 일으켰다.

'좋아. 그렇다면 내일은 아침 일찍부터 나가야겠어. 일단 공원에 가서 하늘이 더 푸를지 나무가 더 푸를지 유심히 관찰하고 싶어. 바람은 살랑살랑. 햇살이 나뭇잎 틈으로 스며들고, 꿈뻑꿈뻑 졸린 눈처럼 그림자가 천천히 움직이는 걸 보고 싶어. 어느 나무 아래 벤치에 앉아 잠깐 눈을 감고 곁에 들려오는 소리에 귀를 기울일래. 나무가 흔들릴 때마다 얼굴 위에 닿았다 숨었다 하는 햇살과 숨바꼭질이 하고 싶어. 그러고는 커피를 마시러 가야겠다. 달달한 디저트가 있으면 더 좋겠어. 아, 상상만으로도 너무 좋다.'

다음 날 예보대로 아침부터 하늘은 새파랬다. 교토 교엔으로 향했다. 오래전 천황이 살았던 황궁 주변을 재건해 커다란 공원으로 만든 곳. 교엔 내부를 예약해 둘러보기도 하지만 공원 자체만 돌아다녀도 좋은 곳이다. 각자 운동을 하거나 나들이를 나온 사람들도 많아 말 그대로 '시민의 쉼터'라고 불리는 곳이기도 하다. 문으로 들어서자마자 나무와 모래 냄새가 난다. 이끌리는 대로 자유롭게 걷다가 산책을 나온 강아지와 만났다. 아주 쪼끄마하고 귀여웠다. 웃으면서 손을 흔들자 주인이 말을 걸어왔다.

"이 녀석은 한 살이고 슈슈라고 해요."

"너어무! 귀여워요. 슈슈!"

강아지 주인은 요즘 비가 자주 내려 산책을 못 나왔더니 매일 나가자고 졸랐다며 열심히 풀밭을 헤치고 돌아다니는 강아지를 보며 말했다. 오늘만 기다린 슈슈. 너, 나랑 같은 마음이었구나.

"맑아져서 참 다행이죠. 맑은 날은 이 녀석 기분도 아주아주

京都御苑, Kyotogyoen

좋아져요."

"저도 이번 주 중 오늘이 가장 기분이 좋아요!"

내 말에 주인은 갑자기 조금 큰 목소리로 "맑은 날 최고!"라고 외쳤다. 신이 난 슈슈와 함께 마주보고 환하게 웃었던 우리들. 일명 '날이 좋아 기쁜 사람과 개의 모임'이라고 부르면 어떨까.

강아지 일행과 헤어지고 나도 꼬리를 팔랑팔랑 흔들며 가볍게 총총총 걸었다. 모자의 숲母と子の森을 향해 걷다 보면 도심 한가운데라는 사실을 잊게 될 정도로 나무들이 우거진 길이 이어진다. 바스락 바스락 낙엽을 밟고 걷는 동안 얇고 고운 새 울음소리가 뒤섞인다. 키가 큰 나무에서는 낡은 잎들이 쏟아져 내렸다. 그 앞을 자전거가 딸랑 소리를 내며 지나간다. 어느 맑고 평범한 오후의 전유물처럼.

# 계절이 잠시 쉬어가는 곳

쪽마루에 걸터앉아 밤이 든 만주를 입에 한 움큼 물었다.
누군가의 걸음 뒤로 바스락 낙엽 소리가 따라 온다.

떨어진 잎사귀 하나를 줍고 디딤돌 위에 폴짝 올라본다.
떠나는 계절이 마지막으로 들르는 곳.
마당 구석구석 가을이 한창이다.

壺中庵

Coffee Base NASHINOKI

# 과일 망신은 모과가 시킨다지만

교토에는 이색적인 신사가 많다. 어디선가 '예뻐지게 해주는 미의 신'이 있다는 신사 얘기를 듣고 꼭 가봐야겠다고 메모해놓았다. 예뻐진다는 건 눈, 코, 입의 아름다움을 말하는 것일까. 얼마나 어떻게 예쁘게 해주는 걸까. 단순한 호기심과 동시에 혹시나 하는 기대가 피어났다.

다다스노모리紀の森라고 불리는 시모가와. 신사下鴨神社를 둘러싼 큰 숲 공원. 가와이 신사河合神社는 그 초입 즈음에 있다. 어딘지 모르게 미인으로 보이는 이목구비의 얼굴이 처마 밑에 매달려 반겨준다. '어서 와. 이 문을 들어서는 당신을 아름답게 만들어줄게' 꼭 이런 느낌의 다정다감한 미소. 단순한 그림체지만 쑥 뻗은 속눈썹과 입가에 지은 미소가 묘하게 정말 미인스럽다.

내부에는 압도적으로 여자 참배객이 많았다. 다른 신사와 별반 다르지 않은 분위기지만 특이한 풍경이 있다면, 다들 평상에 앉아 정체 모를 차를 한 잔씩 마시고 있었고, 신사에 흔히 걸려 있는 에마는 손거울 모양으로 아까 입구에서 본 미인이 그려져 있었다. 이 나무 에마를 자신만의 스타일로 예쁘게 메이크업 해주며 나의 미를 기원하면 된다. 상점에 들어가보니 지니고 있으면 예뻐진다는 부적과 여러 기념품을 판매 중이고, 사람들은 줄까지 서서 의문의 차를 한 잔씩 사고 있는 게 아닌가. 관심 없는 척 적고 있지만 나는 이곳에서 부적을 사 수첩에 끼워두었고, 평상에 옹기종기 모르는 사람들과 모여 앉아 미인차를 마셨다. 그 어느 때보다 진심을 담아서. 신께서 이 기도를 들어주시기를 바라며.

이 '미인차'라고 불리는 차의 주재료는 모과다.

모과에는 피부 건강에 도움을 주는 비타민 C가 레몬보다 훨씬 더 많다고 한다. 건강하고 예쁜 피부를 위한 차라고 생각하면 미인차라는 이름이 아주 엉뚱한 것도 아니다. 게다가 알려진 모과의 효능은 한두 가지가 아닌데, 이 만병통치약 모과는 단지 울퉁불퉁 못생긴 외형 때문에 '과일 망신은 모과가 시킨다'라는 불명예스러운 속담까지 가지고 있다. 어째서 이런 과일을 선택한 걸까.

河合神社, Kawai Shrine

'아름답다'라는 말이 내포하는 의미를 떠올려본다.

외면의 아름다움은 고작 기도와 모과만으로는 크게 변화하기 어려운 영역이다. 하지만 내면의 아름다움은 저마다 추구하는 방향으로 가꿀 수 있다. 자, 일단. 비타민 C와 기타 등등 몸에 좋은 모과차를 한 잔 마셔보자. 약장수 같아 보이지만, 일단 속는 셈 치고 마셔보자. 그리고 신사를 둘러싼 커다란 숲길을 천천히 산책하자. 다양한 나무 사이를 걷고, 산뜻한 공기가 발끝까지 차도록 크게 마시자. 작은 동물이 부스럭거리는 소리에 귀를 열고, 지나가는 사람들의 즐거운 대화 소리에 싱긋 미소도 지어보자. 졸졸 흐르는 개울 위에 당신을 인상 쓰게 만들었던 일 하나쯤 떠내려 보내자.


차 한 잔에 녹은 마음이 모처럼의 여유와 만나 깨끗하게 정화된다면, 우리는 분명 1퍼센트 더 아름다워질 수 있다. 마음이 아름다운 사람들은 대체로 표정과 인상에도 드러난다. 말 한마디에도 티가 난다. 목소리, 눈빛, 손짓, 작은 무엇 하나까지 '내면이 아름다운 사람'. 모두가 서로 다른 해석을 해도 무관하다. 얼마든지 추상적이고 주관적으로, 무한한 기준을 세워도 좋을 것이다. 울퉁불퉁 못생겼다는 혹평 속에서도 마음에 다정하고 상냥한 것들을 가득 품은 모과처럼.

# 첫 혼자 여행

혼자 놀기 대표 중 한 명으로서 나의 1인 여행 루틴을 남겨본다.

　1. 아주 무계획보다는 어느 정도 틀을 만들어두는 것이 든든하다. 엉성한 동선뿐이라도 괜찮다. 나는 날짜별로 계획을 짜지 않고 날씨나 상황별로 적어둔다. '맑은 날 / 비 오는 날 / 흐린 날' 코스와 함께 호흡이 긴 여행이라면 '늦잠 잔 날 / 일찍 일어난 날' 등으로도 나눈다.

　2. 취향 찾기 대모험은 쌓일수록 재밌다. 처음이라면 자연스럽게 눈길이 가는 것을 휴대폰 메모장이나 사진첩에 모아놓는다. 돌아와서 분류를 해보면 내가 무엇을 좋아하는지 가장 쉽게 알아낼 수 있다. 나의 취향은 정차된 자전거, 가지런한 자판기, 계

절 꽃, 우체통, 화분, 가게의 간판과 명함 주로 이런 것들이다.

3. 가끔은 이어폰을 빼보자. 어떤 기억은 영상 없이 소리로만 남기도 한다. 나는 편의점 문 열릴 때의 소리와 횡단보도 소리, 카페 식기가 서로 부딪히는 소리를 좋아한다.

4. 지도의 네비게이션 기능을 활용하라. 길을 거꾸로 걸어도 맘대로 돌아다녀도 결국은 목적지에 갈 수 있도록 끊임없이 말을 걸어주는 든든한 여행의 조력자다.

여행에서는 새로운 자아를 꺼내보자. 혼자서 언제든, 어디라도 떠날 용기가 생길 것이다. 단 한 번도 혼자 여행하는 일이 지루하지 않았던 나의 팁이다.

그리운 장소에 데려다준 열차가 떠난다.
그 뒷모습은 왜 늘 잠깐씩 바라보게 되는 건지.

# 사요나라

비싸더라도 택시가 필요한 날이 있다. 그날 그 거리에서 호텔로 돌아가는 길이 그랬다. 며칠째 빡빡한 일정으로 제대로 쉬지 않고 다녔다. 지칠 대로 지쳤지만 꼭 가보고 싶은 카페가 있어 잠깐만 들렀다 갈 생각이었다. 결과는 좋지 않았다. 대기 시간이 두 시간 이상 걸린다는 말에 속으로 마구 투덜대며 돌아섰다. 아니 다들 무슨 빵을 얼마나 먹겠다고, 이게 무슨 일이야. 사실 그 빵. 나도 너무 먹고 싶었다. 하지만 두 시간은 기다릴 수 없었다.

근처에 좋아하는 잡화점이 있어 거기라도 가보려고 다시 또 1킬로미터쯤 걸었다. 1킬로미터라는 거리는 컨디션에 따라 고무줄처럼 늘거나 줄어든다. 평소라면 별것 아니었을 거리인데 세상의 끝으로 향하는 듯 느릿느릿 억지로 다리를 끌고 움직였다. 오래 걸려 도착한 건물 앞에는 '내부 수리중'이라는 팻말이 걸려 있었다. 더 이상 이 일정을 지속하는 건 스스로에게 너무 가혹한 일이었다. 숙소에서 꽤 멀리 떨어져 있었지만, 비싼 택시비 따위 고민하고 싶지 않았다. 당장 앞에 있는 택시를 잡아타고 호텔 이름을 불렀다.

볕이 뜨거운 날이었고, 더 이상 걸을 힘이 남아 있지 않았다. 체력 저하보다 견디기 힘든 건 일정을 망쳤다는 사실과 세상 일이 마음처럼 풀리지 않는다는 속상함이었다. 택시는 시원했다. 차가 막혔지만 거기까지 신경 쓸 마음의 여유는 없었다. 짐이 가득 찬 가방을 내려놓고 카메라를 목에서 풀어놓았다. 이제야 조금 살 것 같다. 한껏 늘어져 있는데 택시 기사가 말을 걸어왔다.

"카메라맨이에요?"

예전 촬영장에서는 일본어 표현을 사용하는 일이 잦았다. 촬영 감독, 사진작가라는 표현 대신 기사나 카메라맨이라는 표현을 썼다는 이야기를 들은 기억이 났다. 그냥 사진 찍는 걸 좋아하는 여행자라고 답했다. 정체가 심한 도로에서 기사는 이런 저런 시시콜콜한 질문을 했다.

"교토에는 자주 오나요?"

이 질문은 굉장히 자주 듣는 단골 문항이다. 솔직하게 답변했다가는 대부분 부자네, 라는 반응이 돌아오기 때문에 난처해진다. 부자라는 말을 듣는 건 별로 기쁘지 않다. 실제로 부자였으면 뭐 여행에 쓰는 돈이 아깝나요! 허허허! 하고 웃겠지만 빠듯하게 지내는 상태로 들으면 혹시 내가 낭비하는 삶을 사는 건가로 의식이 흘러간다. 그렇다고 처음 옵니다! 두 번째 옵니다! 도 좀 이상하니, 계절에 한 번씩은 오는 것 같아요, 라는 말로 에둘러 표현했다. 기사가 어떤 답을 할지 긴장됐다. 부자만 아니면 무슨 답변이든 좋았다.

"사진 찍으러 오는 건가요? 교토의 어떤 점을 좋아해요?"

잠시 고개를 갸우뚱했다. 이걸 물어보는 교토인은 처음이다.

왜 좋아하냐니. 한국어로도 잘 답하지 못하는 질문을 갑자기 일본어로 대답하려니 쉽지 않았다. 머뭇머뭇거리며 천천히 단어를 떠올렸다.

"그냥 거리를 보는 게 좋아요. 특별한 장소가 아니어도 상관없어요. 사람 사는 곳이 좋아요. 낡았다고 해야 하나."

'낡다古い'라는 단어를 사용하고는, 아 이게 아닌데 싶어서 급하게 정정했다.

"아니 아니. 마모루守る, 지켜낸다는 느낌을 정말 좋아해요."

오래된 거리의 느낌을 단 한 번도 '낡았다'라고 생각해본 적이 없다. 이렇게 오랜 시간 어떻게 이것들을 모두 '지켜왔을까'에 대해 늘 감탄했다. 건물이나 문화재뿐이 아니다. 문화와 행습, 나아가서는 장인의 기술까지. 많은 것들이 변하지 않기 위해서 보살핌을 받고 지켜지는 곳. 교토의 가장 멋진 매력이기도 하다.

"맞아요. 여기는 정말 오랫동안 지켜온 장소예요. 교토의 대부분이 그래요. 그걸 알아주다니 기쁘네요."

내 답이 마음에 들었는지 기사는 웃으며 말했다. 이후로 우리의 대화는 끊이지 않았다. 계절별로 가기 좋은 교토의 여행지를 알려줬고, 나는 열심히 휴대폰에 메모했다. 다음 질문은 '일본 음식 중 무엇을 좋아하냐'였다. 잠시의 망설임도 없이 "타마고산도!"라고 외쳤다. 마침 신호에 차가 멈춰 서고, 그게 무슨 말이냐는 듯 기사가 나를 돌아보았다.

"그거 그냥 빵 사이에 달걀 집어넣은 거잖아요?"

"네, 맞아요. 그걸 제일 좋아해요!"

"일본에는 다른 맛있는 음식이 정말 많아요."

"알아요. 하지만 전 일본에서 먹은 음식 중 달걀이 제일 맛있었어요. 진심으로. 달걀이 다른 걸까? 어떻게 그런 맛이 나는 거죠."

진지하게 달걀 예찬론을 펼치자 함께 진지하게 들어주던 택시 기사는 이 대화가 너무 즐겁다는 듯이 큰 소리를 내며 웃었다. 가는 도중 갑자기 편의점 앞에 차를 세운 기사가 1만 엔짜리 빳빳한 지폐 한 장을 건넸다.

"자, 이걸로 가서 타마고산도를 포함한 당신이 먹고 싶은 걸 다 사 와요!"

손사래를 치며 한사코 거절했지만 내가 편의점에 가지 않으면 차를 움직일 생각이 없는 것처럼 단호했다. 결국 그 1만 엔을

들고 편의점으로 달려가 타마고산도만 하나 집어서 계산하고 나왔다. 거스름돈과 영수증을 돌려주며 고맙다고 인사하는 내게 기사는 왜 이거밖에 사지 않았냐고 나무랐다. 1만 엔어치 샀어도 좋았다고 말하고는 그제야 차를 다시 움직였다. 목적지가 가까워지고, 잠시 창밖을 내다보는 동안 입가는 절로 미소로 씰룩거렸다. 오늘 망친 모든 일정이 오로지 이 택시를 타기 위해서라고 생각하면 온 우주가 나 하나를 위한 연극을 꾸민 게 아닌가 싶었다. 기꺼이 받아들고 기쁨으로 벅차 울컥해지며 '여러분 고마워요'라고 말하고 싶었다.

"우리가 다시 만나게 되지는 못하겠지만, 내가 사는 도시를 좋아해줘서 정말 고마워요. 인사를 전하고 싶었어요."

아무 말도 하지 못하고 가만히 웃었다. 다시는 만나게 되지 못할 낯선 사람의 호의를 이렇게 손에 쥐어본 적이 있었던가. 택시가 호텔 문 앞에 멈추고 서로의 건강과 안녕을 몇 번이고 나눴다. 한 손에는 타마고산도를 들고, 다른 한 손은 더 이상 택시가 보이지 않을 때까지 흔들었다. 눈가가 따뜻해졌다.

작별 인사인 '사요나라さよなら'는 영영 보지 않을 법한 상대와 나누는 인사라고 한다. 사요나라. 안녕. 이별의 말을 천천히 오래 곱씹었다.

안녕히, 그리고 건강히. 고마웠어요.

어디에서부터 따라온 건지 모를 달이 창밖을 자꾸만 서성인
다. 밤길의 철로에 달빛이 옅게 깔렸다. 열차 속 사람들 얼굴
에는 아무런 표정도 남아 있지 않았다. 우리는 다들 비슷한
얼굴로 앉아 있다. 종착역에 도착하고 모두의 가야 할 길은
달랐지만 달은 밤을 지새워 사람들을 배웅했다.

가을, 달 따라오는 밤.

# 여전해서 기뻐

틈만 나면 공항으로 가기 바빴다. 여행 캐리어를 방 한쪽에 두고 치울 일이 거의 드물었다. 어차피 한 여행이 끝나면 금방 새 짐을 싸야 했다. 상황이 이렇게 되다 보니 여행지에서의 시간을 모두 유의미하게 쓰지도 못했다. 어차피 또 오면 되는 곳…이라는 위험한 생각도 들기 시작했다. 어느새 배부르고 게으른 여행자의 길에 접어든 것 같았다. 이래도 괜찮은 걸까 늦은 고민이 들 때쯤 모두 빼앗겼다. 더 이상 이 사치스러운 걱정을 하지 못하게 되었다. 코로나라는 변수는 생각조차 해본 적이 없었다.

집 생활에 적응하는 일은 어렵지 않았다. 오랫동안 밖에서 소모한 에너지를 충전하는 시간이 마침 필요하기도 했다. 겸사 겸사 정식으로 독립도 했다. 완전하고 온전한 내 공간이 있으니 거리두기니 집콕이니 하는 일은 오히려 즐거웠다. 만들 수 있는 요리가 많아졌고, 집 인테리어 사진이 인기를 얻기도 했다. 원래부터 이렇게 집순이로 살아온 사람처럼 잘 지냈다. 간혹 비행기를 타는 상상을 하기는 했다. 끝이 오는 날이 있겠지. 언젠가는.

1년 즈음 지나서 조금은 이른 출국 길에 올랐다. 비행기를 열 몇 시간씩 타야 하는 지구 반대편의 나라들이 먼저 국경을 열었다. 그 먼 곳으로 몇 번이나 짐을 싸서 훌쩍훌쩍 떠났다. 되찾은 여행에서 나는 다시 부지런한 여행자가 되었다. 아침 이르게 눈을 떴고, 마트에서 사놓은 재료들로 간단히 배를 채웠다. 카메라와 늘 한 몸이었고, 사소한 순간을 건너뛰는 일은 더 이상 없었다. 수없이 셔터를 눌렀다. 다시 만난 여행의 모든 순간을 빈틈 하나 없이 남기고 싶었다. 하지만 여전히 갈 수 없는 곳이 있었다. 교토에 가는 꿈을 수도 없이 꿨다. 꿈속에서 나는 간사이 공항에 내려 하루카로 갈아탄다. 창문 바깥은 바다를 시작으로 너른 들, 작고 낮은 집, 멀리 푸른 산, 이런 그림이 쉴 새도 없이 지나간다. 이 꿈은 늘 여기에서 끝났다. 꿈에서조차 교토에 도착하지 못했다. 얼마간의 시간이 더 흐르고 마침내 교토에 갈 수 있다는 소식이 들려왔다.

교토에 다시 가는 날, 공항에서 평소보다 더 얼떨떨한 마음으로 보딩을 기다렸다. 지난밤에는 잠을 조금 설쳤다. 한 번도 빼놓고 간 적 없는 여권을 잘 챙겼나, 오는 길에 열 번도 넘게 확인했다. 엔화를 지갑에 차곡차곡 넣고 유심을 챙기고, 보안 검색대를 지나 게이트 앞에 도착했다. 전광판에는 목적지 '오사카'라고 적혀 있었다. 면접을 기다리는 사람처럼 마른 손을 계속 매만졌다. 짧은 비행을 지나 꿈에서처럼 하루카를 타러 갔다.

파랗고 맑은 가을, 하늘에 둥실둥실 떠 있는 뭉게구름이 마치 그림처럼 고운 날이었다. 공항에서 떠나자마자 바다가 보이고, 넓게 펼쳐진 들판. 옹기종기 모여 있는 어느 마을의 지붕. 기억에 담겨 있던 것들이 조금도 바래지 않고 같은 자리에서 반겨준다.

'여전하다.'
이 짧은 문장에 얼마나 가슴을 쓸어내렸는지.
멀리에서 본 풍경은 아무것도 변하지 않았다.
여전해서 정말 기뻤던, 교토와의 재회.

# 새로운 것들로 채워진다

지도 앱에서 '폐업'이라는 문구를 볼 때면 마음이 쿵 하고 떨어졌다. 하루에 열 개도 넘는 별을 지운 날이 있었다. 별 하나를 지울 때마다 흙이 남는 상처가 새겨지는 기분이었다. 좋아하던 가게 앞을 지나다 새로운 간판이 걸린 것을 보았다. 슬그머니 안을 들여다보니 내부 인테리어는 거의 그대로였다. 분위기는 남았지만 낯선 이들이 채운 자리는 생경하게 보였다. 작별 인사도 나누지 못한 것이 서글퍼 쉽게 발을 들일 수 없었다.

가모강은 이전보다 조금 더 어두워졌다. 듬성듬성 불이 꺼진 가게가 많았다. 강물을 비추던 불빛은 전보다 확연히 줄어들었다. 해가 짧아 밤은 더 빠르게 찾아왔고, 지워진 별들의 자리를 지날 때마다 조금씩 더 어두워졌다.

도시는 기억 속 그대로이면서 동시에 많은 것들이 변했다. 변화를 바라보다 잠시 앓고는 마음을 다시 다독인다. 여전히 사랑하는 많은 것들이 고스란히 남아 있었다.

교토에 돌아와 하고 싶었던 일은 모두 사소한 것들뿐이었다. 모닝커피 마시기, 두툼한 빵으로 만든 토스트 먹기, 누군가와 안부를 나누기, 창문 밖 구경하기. 고작 사사로운 것들을 가장 기대하고 기다렸다. 지울 것들은 떠나보내고 이룰 것들을 하나씩 해내는 것만이 중요했다.

사랑하는 도시는 언제든 찾아오면 내가 들이마실 공기 한 줌을 내어준다. 사소하고 다정한 화답이나 밀담을 주고받는다. 마음은 쉽게 흔들리지 않을 만큼 견고했다.

공백 사이에 새로 생긴 곳을 좋아하게 되기도 했다. 어색하고 낯선 곳에 발을 들였을 때 화사하게 맞아주는 사람들에게 슬쩍 마음을 열어본다. 마음속 작은 방 하나를 여행지에 내어줄 수 있는 여행자라는 것은 얼마나 기껍고 충만한 일일까. 그게 교토라서, 참 다행이다.

# 마음의 환기

마음에도 창이 하나 있으면 좋겠다. 잊거나 지워버리고 싶은 것들은 창가에 올려놓고 바람에 날려 보내고 싶다. 비가 내리는 날에는 창문 앞에 앉아 흔적도 없이 빗물에 쓸려가는 걸 보고 싶다. 내가 버린 것들이 사라지는 걸 바라보고 싶다. 마음에도 언제든지 문을 열 수 있는 창이 있으면 무척이나 좋겠다.

창을 찾아 먼 길을 떠났다. 여기까지 오는 여정은 쉽지 않았다. 어떠한 수행을 겪는 길처럼, 굽이굽이 돌아 찾아왔다. 정수원은 우지에서도 한참 더 깊은 숲 중간에 있다. 이곳의 정원에는 하트 모양의 창이 나 있다. 이 창은 인간의 심장, 즉 마음을 상징한다. 창밖으로는 정온한 뜰의 풍경이 한눈에 내다보인다. 뻥 뚫린 창으로는 숲에서부터 날아든 바람이 깊게 스며든다. 마음을 환

正寿院, Shoju-in

기하는 곳. 정수원이 바라는 창의 의미다.

톳마루에 앉아 크게 숨을 들이마시면 적당히 차가운 공기가 기분 좋게 몸을 채운다. 정원에 들른 새 한 마리가 기웃거리며 종종종 울음소리를 냈다. 바스락바스락, 찌르륵찌르륵, 하는 주변 소리가 조용한 공간을 메운다. 누구의 것인지 알 수 없는 작은 소리들이 한 번씩 다가오고 멀어진다. 바람이 세게 부는 아침. 창을 열고 마음껏 날아다니게 내버려두었다. 멀리 날아간 마음이 돌아오지 않아도 상관없었다. 어디선가 불어온 것들이 제집마냥 슬쩍 자리를 잡고 앉아도 괜찮다. 드나들고, 비우고, 채워진다.

버스가 자주 다니지 않아 다음 차가 올 때까지 천천히 동네 구경을 했다. 산속 마을의 이름은 오쿠야마다奧山田, 깊은 산중의 마을이라는 뜻이다. 이름처럼 이 근처에는 집보다 나무가 많았고, 꽃이 많았고, 사람보다는 새가 더 많았다. 멀리멀리 산등성이가 훤히 내다보였다. 눈이 탁 트인다. 차밭을 바라보며 말차 음료를 시원하게 한 잔 마셨다. 정갈한 차밭의 풍경은 머릿속을 깨끗하게 만들어준다.

곁에 가까이 둔 것은 온통 좋아하는 것투성이다. 정원, 뜰, 새소리, 바람, 나뭇잎, 샛강… 사랑하는 모든 단어들과 만나고 마음에 창문 하나를 그려 넣었다. 하늘은 청명하고 햇볕이 찬란한 날이었다. 상념은 산들바람에 실어 보낸다. 멀리 사라지는 걸 가만히 보고 있었다.

宇治茶バス, Ujicha bus

# 료안지

누군가는 처마 아래,
누군가는 정원의 뒤편에
저마다 마음에 드는 곳에 자리를 잡고 앉아
오래도록 들여다본 가을 정경.

龍安寺, Ryoan-ji

# 가을날의 여행지

## 샌드위치 탐험가

### 송버드 커피SONGBIRD COFFEE
요거트, 샐러드와 함께 제공되는 타마고산도. 버터향이 가볍게 나고 살짝 구워진 빵과의 합이 잘 어울린다. 송버드의 카레와 하프 세트로 대표 메뉴를 모두 즐길 수 있다.
京都市中京区西竹屋町５２９, Songbird Bld, 2F

### 스마트 커피スマート珈琲店
현지인과 관광객 모두에게 인기 만점인 카페. 살짝 겨자 맛이 함께 난다. 소금을 가볍게 뿌려서 먹어도 맛있다. 90년 이상 된 로스팅 카페이기 때문에 커피도 함께 즐기는 것을 추천한다.
京都市中京区天性寺前町５３７

### 마도라구 후지이다이마루점マドラグ 藤井大丸店
오래전 폐업한 동네 카페의 인기 메뉴였던 타마고산도를 단골이었던 손님이 전수받아 오픈한 카페. 본점 외에 시내 백화점에 지점이 있다. 지점 쪽이 조금 대기가 짧은 편이다.

京都市下京区貞安前之町605番地


## 노트 카페knot café

일본식 달걀말이인 다시마키가 작은 번 사이에 들어가 있다. 이외에 앙버터가 들어간 샌드위치도 맛이 좋다. 크기가 작기 때문에 간식으로 더욱 적합하다.

京都市上京区東今小路町758-1


## 돈카츠 시미즈とんかつ 清水

얇은 식빵 안에 들어 있는 두툼한 카츠와 함께 뿌려진 소스가 고기 맛을 더해주는 곳. 식당이 아닌 술집이기 때문에 자릿세가 별도로 발생한다.

京都市上京区上生洲町248-5


## 블루 어니언ブルーオニオン

오래된 다방 느낌의 동네 카페. 마쓰오타이샤에서 가까워 함께 방문하기 좋다. 타마고산도와 카츠 산도 모두 맛있는 집이지만 카츠 산도가 조금 더 유명하다.

京都市西京区嵐山朝月町53-3 ハウスくらもと


## 덴 깃사시쓰点 喫茶室

담백하고 부드러운 생크림과 과일의 조화가 잘 어우러지는 샌드위치가 있는 카페. 내부 촬영 금지, 수다 금지 등 엄격한 조항이 있지만 방해받지 않는 혼자만의 시간을 즐기기에 좋다.

京都市上京区新烏丸通丸太町上る信富町299 2F

## 왕궁이 있던 자리

### 교토 교엔京都御苑
부지가 넓은 조경지로 현재는 공원의 역할을 하고 있다. 황궁 내부는
사전 예약을 통해 입장할 수 있다. 공원 자체만으로도 여유롭고 연중
녹음이 우거져 가벼운 먹을거리를 들고 피크닉하러 가기 좋다.
京都市上京区京都御苑3

### 커피 베이스 나시노키Coffee Base NASHINOKI
나시노키 신사 안에 위치한 카페. 뜰에 마련된 벤치나 처마 밑에 앉아
느긋한 시간을 즐길 수 있다. 굵은 밤알이 들어간 만주도 공간의 분위
기와 잘 어울리는 디저트다.
京都市上京区染殿町680

### 다코토켄타로 파트2タコとケンタロー パート2
상점가 한가운데 있는 작은 다코야키 가게. 포장 후 교토 교엔이나 인근
강가에서 먹을 수 있다. 시장 규모가 꽤 큰 편이고 곳곳에 궁금한 가게
들이 많아 주변을 천천히 돌아보는 것도 추천한다.
京都市上京区一真町65-5


## 다다스노모리

### 구 미쓰이가 시모가모 별채旧三井家下鴨別邸
약 100년 전 지어진 일식 대저택으로 현재까지 보존이 잘 되어 있다. 특
정 시기에만 3층의 다락방을 특별 공개해 멀리 산 풍경을 조망할 수 있다.
京都市左京区下鴨宮河町58番地2

### 가와이 신사河合神社

일본 최고의 미인 신을 모시는 신사. 남녀노소 아름다움을 기원하는 많은 사람들을 만날 수 있다. 주변의 숲 풍경과 함께 구경하기 좋다.

京都市左京区下鴨泉川町５９

### 모리노테즈쿠리시森の手づくり市

주로 봄과 가을에 열리는 플리마켓. 수제 소품이나 식품을 주로 판매한다. 다양한 가게의 상품들을 한 번에 만날 수 있다. 시기에 따라 음악회나 기타 행사와 함께 크게 개최된다. 부정기 일정으로 웹사이트 monocro.info/moritedu에서 확인할 수 있다.

京都市左京区下鴨泉川町59


## 오쿠야마다, 산속 깊은 곳

### 오쿠야마다

게이한 우지역에서부터 버스로 약 한 시간 떨어져 있는 시골 마을로, 대중교통으로 이동하기 제한적이다. 한겨울을 제외한 시기에 주말에만 버스를 운행한다. (방문 전 홈페이지 확인 필수!) 방문을 원하는 시간대가 따로 있다면 차량 렌트 혹은 택시를 이용하는 것이 편리하다. (왕복 1만 엔 정도.)

### KOYAMA TEA FARM & GARDEN小山園製茶場

일본에서 손꼽히는 찻잎 재배 지역인 우지. 오쿠야마다 곳곳에서도 차밭을 볼 수 있다. 코야마에서는 테라스에 앉아 밭의 풍경을 내려다보며 티를 즐길 수 있는 자리를 마련해놓았다.

綴喜郡宇治田原町奥山田宮垣内１２７−１

# 알록달록 가을 여행

### 료안지龍安寺

흐름이 수려하게 새겨진 모래 정원에는 열다섯 개의 바위가 있다. 어느 방향에서도 이 바위를 모두 한눈에 담을 수 없다고 한다. 여러 해석이 있지만, 세상에 완전한 것은 존재하지 않으며 자신의 불완전함을 차분히 들여다본다는 의미에 조금 더 기운다.

京都市右京区龍安寺御陵ノ下町13

### 에이칸도永観堂

'교토의 가을은 에이칸도'라는 문구가 있을 정도로 대표적인 단풍 명소. 화려하고 거대한 단풍 숲을 갖고 있다. 신발을 벗고 마루를 밟거나 등산에 가까운 코스가 있어 따뜻한 양말과 편안한 운동화가 꼭 필요하다.

京都市左京区永観堂町48

### 고다이지高台寺

청수사, 야사카 신사 등 교토를 대표하는 관광지에서 가깝지만 비교적 덜 붐비는 곳. 정성껏 가꾼 정원을 볼 수 있다. 단풍 시즌에는 일루미네이션 행사 등 야간 라이트업도 하고 있다.

京都市東山区 高台寺下河原町526

### 겐코안源光庵

깨달음과 미혹의 창을 통해 풍경을 내다볼 수 있는 사원. 사람의 생과 나아가 우주까지 내포하는 철학적 의미를 생각하며 천천히 창 앞에서 시간을 보내보기를 추천한다.

京都市北区鷹峯北鷹峯町47

**비샤몬도**毘沙門堂

단풍이 질 무렵이면 떨어진 단풍잎이 돌계단을 가득 채워 가을의 카펫이라 불린다. 절정인 시기에는 경내 어디를 둘러보아도 울긋불긋 풍성한 가을 놀이를 할 수 있다.

京都市山科区安朱稲荷山町18

**루리코인**瑠璃光院

교토를 대표하는 반영 풍경으로 알려진 곳. 봄과 가을 일정 시기에만 특별 개관을 한다. 가을이 절경이지만 초록이 짙은 청단풍도 못지않게 아름다워 언제든 방문하기 좋은 곳이다.

京都市左京区上高野東山55-55

**이마미야 신사**今宮神社

역병과 건강을 치유하는 신사로 참배길 입구에 위치한 두 개의 떡집이 더 유명하다. 숯불에 구운 떡에 달콤한 흰 된장 소스를 발라주는 '아부리모찌'는 액막이 음식이라는 의미를 갖고 있다. 각각 1천 년, 400년이 된 일본에서 가장 오래된 떡집이기도 하다.

京都市北区紫野今宮町21

# 겨울

가장 안전한 곳에서 가장 따뜻한 것들을
곁에 켜켜이 쌓아놓는다.

겨울은 넉살이 좋은 계절이다.
차갑지만 온정 있고, 매섭지만 다감하다.

# J와 P 사이의 여행

MBTI가 유행하면서부터 누구든 말을 트면 으레 그 성향이 무엇인지부터 묻게 되었다. 나는 I 내향적이고, N 직관적이며, F 감정적이다. 여기까지는 그럴싸하게 닮았는데, 매번 P와 J는 정확하게 판단이 서지 않는다. 그 탓인지 그때그때 기분이나 성격에 따라 늘 INFJ와 INFP를 오간다.

새해가 오면 대부분 그러하듯 신이 나서 신년 계획을 세운다. 새로 산 노트에, 새로 산 펜으로. 새것에 둘러싸여 시작하는 새해의 기분은 얼마나 산뜻한지. 기세를 몰아서 치열한 버킷 리스트를 작성한다. 자잘자잘한 것들을 100개 정도 적고 나면, 이 중에 적어도 서른 개쯤 이루는 것만으로도 성공한 한 해를 보내게 될 것 같다. 뭐 하나만 걸려라 하는 식의 계획 욕심쟁이다.

이런 시기에는 언제나 J가 힘을 발휘한다. 그리고 오래 지나지 않아 일기장이고 계획표고 다 그만두고 싶어, 내 맘대로 살래! 하는 때가 찾아온다. 슬그머니 내 성향은 P로 바뀌어 있다. 나중에 본 분석표에서 신기하게도 51퍼센트의 J와 49퍼센트의 P라는 결과를 접했다. 양쪽을 오가는 것이 당연했다. 꽤 믿을 만하군.

여행을 할 때에도 P와 J 사이의 성향은 언제나 반영된다.

항공권을 사기도 전부터 계획을 세우기 시작하는 J와 그런 건 비행기에서 하는 거 아니냐고 묻는 P. 둘의 싸움이 지속되다 결국은 꼭 가고 싶은 곳 몇 군데만 추리고, 첫날의 일정만 메모장에 적어 출발한다. 그리고 나머지는 J의 의견대로 전날 밤 지도 앱을 켜놓고 아주 세밀한 계획을 짠다.

아침이 되고 얼추 그 시간에 맞춰 잘 움직이는 편이다. 식당 웨이팅을 생각하지 못해 긴 대기가 이어져도 넉넉하게 시간을 계산해둔 덕분인지 계획은 잘 틀어지지 않는다. 시간대별로 체크 박스를 만들어두고 하나씩 채워나가는 기분은 J를 아주 기쁘게 만든다. 그리고 '이대로만 진행되면 오늘의 계획은 완벽하다…'라고 방심하는 순간에 슬쩍 P가 찾아온다. J가 무리하는 틈을 절대 놓치지 않고.

'다리 아프지 않아? 오늘 벌써 2만 보 가까이 걸었어. 저 앞의 카페에서 쉬어가자.'

다시 J가 말하길, '아니야. 오늘만 이미 커피 두 잔이나 마셨다고. 날 좋은 김에 이대로 쭉 걸어서 계획대로 움직이는 게 좋겠어.'

2만 보, 아침부터 종일 먹고 걷고 마시고 걷고를 반복하면 달성할 수 있는 걸음 수. 잠깐 쉬고 싶다는 생각이 파고든 이후 급경사를 타듯이 체력이 떨어졌다. 그러고는 어느새 P가 제안한 카페 쪽으로 걸음이 움직인다. 대립에서 이긴 P가 고른 카페는 마침 신발을 벗고 올라가 앉는 좌식 테이블이었다. 다리를 쫙 펴 본다. 따뜻한 커피에 케이크까지 주문했다. 우연히 고른 곳인데 생각보다 마음에 들어. 이 다다미도 좋고. 가게에서 나는 목조 특유의 냄새도 좋아. 오기를 잘했다. 이 장소가 마음에 쏙 들었다.

계획을 수정하는 일은 대체로 이렇게 예상하지 못한 즐거움을 가져다준다. 다행히 51퍼센트의 J는 계획이 망가지는 걸 별로 싫어하지는 않는다. 못 이기는 척 예기치 않은 길로 가면 더 좋은 걸 찾기도 하니까. 그제야 갑자기 이런 즉흥적인 일이 얼마나 흥미로운지, 또 그걸 얼마만큼 재밌어하는 부류의 사람인지 스스로를 이해하게 된다. 이러면 어떻고 저러면 또 어때. 내가 지금 숙소에 들어가서 쉬겠다고 했어도 여행지에서 보내는 모든 하루는 다 완벽하게 좋은걸. 이건 어느 쪽 성향의 의견일까. 아마 케이크 한 입 떠먹은 설탕 러버 성향의 입장일 것이다. 마음이 아주 너그러워졌다.

cafe MOKUREN

가게의 이름은 모쿠렌もくれん, 목련이다. 카페 마당에 있는 커다란 나무가 목련일까. 원래 계획대로라면 지금 강을 따라 걷고 있었을 것이다. 벚나무가 길게 서 있는 강. 다시 봄에 찾아올 이유가 많아졌다. 잠시 다시 J가 나선다. 메모장을 열었다.

'봄 여행 계획표 : 모쿠렌 앞 나무는 목련이려나? 강가는 봄에 걷기. 꼭.'

# 모든 것은 타이밍이다

어느 해의 1월 1일 아침 8시. 시조 다리 위에서였다. 수레에 주먹밥을 가득 싣고 나온 남자를 발견했다. 그는 나를 모르지만 나는 몇 번이나 남자를 본 적이 있다. 철학의 길 가까이에 있는 오니기리집의 주인. 짧은 머리에 조금 무서운 인상이다. 그리고 가게 곳곳에는 진지한 붓글씨로 이런저런 말들이 적혀 있다. 그중 가장 핵심이 되는 문장은 '모든 것은 타이밍'. 가게에 오는 손님도, 먹게 될 주먹밥도, 나아가 스쳐가는 모든 삶의 구성이 결국은 타이밍이라는 의미심장한 말이다.

가게의 이름인 '아오오니기리靑おにぎり'는 주인의 성에서 따온 '아오靑'와 주먹밥 '오니기리おにぎり'의 합성어다. 그리고 다중적인 의미로 '아오 오니靑鬼', 즉 파란 도깨비라는 뜻도 갖고 있다. 본

인을 쏙 빼닮은 귀여운 아이가 있고, 인상과 달리 사근사근 말도 잘 걸어주는 정다운 사람이다. 이렇게나 관심이 많은 주먹밥 집의 주인을 새해 첫날, 전혀 예상치 못한 장소에서 마주치니 너무 놀라고 반가웠다. 평소 조용히 식사만 하고 나오는 손님이었지만 오늘은 그 반가움을 참지 못하고 선뜻 말을 걸었다.

"철학의 길에 있는 가게네요. 이렇게 만나다니 정말 놀랐어요."

그러자 남자는 나를 알아보며 인사를 했다.

"우리 가게에서 본 적이 있는 손님이네요. 당신 교토에 살고 있나요?"

교토에서 자주 가던 가게의 주인이 나를 기억해주는 일만큼 가슴 설레는 일이 또 없다. 좋아하는 도시의 좋아하는 가게에서 단골로 인정받는 일. 남자는 가끔씩 주먹밥 수레를 끌고 이곳저곳에 나온다고 했다. 어디선가 누군가와의 타이밍을 기다리며.

내가 가장 좋아하는 메뉴는 '현미 소금 주먹밥'이다. 별다른 부재료가 들어가지 않아도 차지고 쫀득한 현미밥과 짭짤하게 간이 딱 좋은 소금을 곁들인 메뉴. 가장 기본의 주먹밥. 이 메뉴는 하루 수량 한정이라 점심때가 지나면 자주 품절이 되었다. 가게 문을 열고 인사를 건네자마자 기억력이 좋은 남자는 "현미 소금 주먹밥은 다 떨어졌어요" 하고 말했다. 별수 없이 몇 가지 다른 메뉴를 골랐다. 팽이버섯과 두부가 들어 있는 미소 장국, 폭신폭신하고 부드러운 식감의 달걀말이. 그리고 주먹밥 두 개를 적당한 시간차를 두고 차례차례 내어준다. 사진을 찍는 사람들에게 가급적 김이 눅눅해지기 전에 먹으라는 말도 함께 전한다. 눈치껏 재빠르게 한 장 찍고 주먹밥을 베어 물었다. 오물오물 씹으며 입꼬리가 올라가는 걸 슬쩍 확인한 남자가 곧 다음 주먹밥을 준비한다. 배불리 식사를 끝낼 때쯤, 남자가 주섬주섬 뭔가를 건넸다. 랩이 씌워진 탁구공 정도 사이즈쯤 되는, 작은 삼각형 모양의… 주먹밥?

솥에 남은 현미밥을 싹싹 모아서 만든 한입거리 현미 주먹밥이었다. 숨을 흡 하고 마시고 눈을 토끼처럼 크게 떴다. 이마가 구깃구깃해질 정도로 놀라고 입이 귀에 걸리도록 웃었다. 두 손을 내밀어 받은 작고 소중한 주먹밥을 보며 내가 알고 있는 기쁨과 관련된 말들을 모조리 한 번에 내뱉었다.

"고마워요. 기쁘다. 대단해. 너무 감동이야. 어떡해. 세상에서 제일 행복해!"


시간이 흐를수록 주먹밥집은 더 호황이었다. 주인은 넷플릭스에서 제작한 다큐멘터리 에피소드에 출연하기도 했고, 각종 유튜브에서 교토의 필수 코스로 소개되었다. 입소문을 탄 가게는 별도의 예약제를 운영할 정도로 바빠졌다. 정작 그의 오랜 단골이었던 동네 사람들에게는 더 이상 갈 수 없는 가게가 되어갔다. 매일 버겁도록 혼자 주먹밥을 만들던 남자는 결국 가게 문을 닫았다.

　얼마의 시간이 흘러 그는 다시 새로운 소식을 알렸다. 테이크아웃과 거리 판매만을 이어가겠다는. 거리 판매는 당일 오전에 인스타그램을 통해 위치를 확인할 수 있다. 여러 번 엇갈린 후 시간이 오래 지난 뒤에야 우리가 다시 만날 수 있는 타이밍이 찾아왔다. 숙소에서부터 남자가 있는 곳까지는 도보로 15분쯤 걸렸다. 그 거리를 쏜살같이 걸어 맞은편에 수레가 있는 것을 확인했다. 숨을 고르며 인사를 하는 나를, 남자는 금세 알아보았다.
　"드디어, 타이밍이, 맞았어요."
　주먹밥 두 개를 담은 봉투를 가방에 소중하게 넣었다. 종일 걸어 다니다 어딘가의 벤치에 앉아 간식으로 하나 먹었다. 홀에 앉아서 미소 장국과 함께 먹던 따뜻한 맛은 아니었지만 한 시간쯤 떨어진 외딴곳에 자리를 잡고 한 입씩 베어 무는 맛도 나쁘지 않았다. 작은 주먹밥 하나가 주인의 수레에 담겨 나와 다시 누군가의 걸음을 따라 먼 곳으로 떠난다. 어쩌면 아오오니기리의 2막은, 주먹밥의 여행이라고 불러도 좋지 않을까.
　지금은 여행자의 가방에 담겨 어디로든 향하는 타이밍일 것이다.

青おにぎり, Ao Onigiri

# 오래된 연서

과거의 애인과 여행사 공모전에 당첨된 적이 있었다. 그때 잠시
교토에 들렀다. 가장 대표적인 관광지에 가는 게 좋을 것 같아
청수사에 방문했는데 하필이면 단풍 라이트 업 시즌이었다. 입
장 줄이 끝이 보이지 않을 정도로 길었다. 바로 포기하고 다음
코스로 이동했다. 해가 짧아 날은 금세 어두워졌고, 내가 가자고
조른 카페는 아무리 걸어도 보이지 않았다. 볼거리라고는 아무
것도 없는 어두운 골목길. 한참을 더 걸어 도착한 카페에서 마신
커피는 정말 썼다. 쓰다는 말 외에 설명할 길이 없는 맛이었다.

그곳은 유구한 역사를 자랑하는 '이노다 커피イノダコーヒ'다.
1940년에 오픈해 지금까지도 꾸준한 사랑을 받고 있다. 특히 산
조 거리에 위치한 본점은 오래된 목조 가옥의 형태로, 문을 열고

들어가면 마치 먼 과거로 회기한 듯한 느낌을 준다. 오래전 교토에서 세련됐다는 소리 좀 들었을 법한 서양식 인테리어. 아침이면 커피 한 잔과 함께 하루를 시작하는 사람들. 누구나 언제든지 읽을 수 있도록 가지런히 정리되어 있는 조간신문. 가족이 둘러앉아 토스트를 먹는 장면, 격식을 갖춰 차려입은 직원들까지. 클래식한 분위기의 호텔 라운지와 비슷한 인상이다.

가게는 이른 아침부터 조식을 먹으러 온 사람들로 붐빈다. 깃사텐喫茶店은 간단히 조리한 음식, 이를테면 샌드위치나 토스트 등의 메뉴를 판매하는 일본식 카페를 부르는 이름이다. (현재는 이러한 구분이 모호해져 큰 의미가 있지 않다고 한다.)

이노다의 아침 메뉴는 양배추 샐러드와 오믈렛, 과일과 햄, 크루아상 그리고 오렌지 주스 한 잔과 커피까지 풀 세트로 준비된다. 모닝 세트의 명칭은 '교토의 아침'이다. 교토 깃사텐의 역사를 이끌어왔다는 자부심이 담겨 있다. 가볍게 먹을 수 있는 토스트 메뉴도 다양하다. 설탕이 솔솔 뿌려진 프렌치토스트는 진하게 내린 커피와 합이 잘 맞는다. 교토 커피는 대체로 맛이 진하고 쓰지만 부드럽고 강한 맛을 가지고 있다. '중후하다'라는 표현이 잘 어울리겠다. 이걸 처음에는 전혀 알지 못했으니 마시자마자 당황했을 법도 하다.

나는 이후에도 몇 번 이노다에 가면 그를 생각했다. 우리가

イノダコーヒ, Inoda Coffee

앉아 있다 금방 일어났던 둥근 테이블. 셀 수 없이 먹고 걸었던 하루. 몇 번쯤 다투었던 일들. 여행이 끝나고 나누었던 다정한 밀담. 멀어진 기억이 희미하게 아른거린다. 아주 가끔 떠오르고 금세 사라졌다.

당신은 한 번쯤 교토에 돌아왔을까. 커피를 좋아하던 당신은 교토 어딘가에 마음에 드는 카페 한 군데쯤 찾았을까. 어쩌면 이 둘 사이에는 작은 연결 고리 하나 정도는 있지 않을까 생각해본다. 서로 어딘가 닮은 구석 하나쯤 있지 않을까 생각해본다. 당신도 교토를 좋아하는 사람이 되어 있을지도 모른다고 생각해본다.

언젠가 온 마음을 쏟았던 사람과 나의 애정 어린 도시. 각별했고, 각별한. 사랑했고 사랑하는.

# 바다는 아니지만

그 길에서 보이는 건 바다가 아니라 강이라고 불렀다. 바다는 아니지만 해수욕장이 있다고 했다. 가까이 다가가면 파도가 치고 갈매기가 돌아다녔다. 그럼에도 바다는 아니었다. 이 알 수 없는 호수가 어쩐지 마음에 들었다. 바다만큼 아득한 수평선이 시야를 넓게 채웠다.

　　오르는 길에 몇 번이나 멈추고 돌아서서 강을 내려다보았다. 가로수에 푸른 잎이 나면 더 멋진 걸 볼 수 있겠다 싶어 메모를 남겨놓고 다음 봄에 다시 찾아갔다. 가지만 앙상하게 남아 있던 나무에는 벚꽃이 피었다. 벚나무 길을 다시 또 여러 번 멈추며 올랐다. 열 번을 머뭇거려도 싫지 않은 길이었다. 목적지에 도달하지 못해도 괜찮았다. 먼 강을 바라보고 있으면.

Otsu, Shiga

어떤 길은 몇 번이라도 보고 싶다.

계절이 바뀌는 걸 내 눈으로 직접 보아야겠다는 결심이 드는 길이 있다.

비와코가 보이는 이 길이 내게는 그런 곳이었다.

바다라고 불려도 좋고, 강이라고 불려도 좋은.

# 대소동의 날

친구와 2박 3일 여행의 마지막 날. 점심을 먹기 위해 열차를 타고 우지역으로 향했다. 이동 시간은 약 20분. 쌀쌀하고 흐린 날이었다. 이런 날은 따뜻한 김이 폴폴 올라오는 토실토실한 달걀이 들어 있는 샌드위치가 제격이었다. 우리가 우지에 도착하고 개찰구를 나가려는 찰나에 깨달았다. 지갑이 보이지 않는다.

가방 속에 늘 지갑을 넣어두는 자리가 있는데 그곳에 없었다. 차분하게 가방 안을 뒤졌다. 없다. 당황했지만 티내지 않고 짐을 모두 끄집어냈다. 친구도 애꿎은 자기 가방을 뒤졌다. 정말로 진짜로 지갑이 없다. 이 사실을 받아들이는 데에는 몇 분씩이나 필요했다. 교통카드는 새로 사면 된다고 치고, 신용카드는 한국 가서 다시 발급 받고, 현금도 어쩔 수 없고… 곧 나는 상기된 얼굴로 이런 말을 했다. 그리고 우리는 잠시 눈을 마주친 채 멈춰

서 있었다.

"나 여권이 지갑에 있어…"

괜찮아. 괜찮아. 해결할 수 있어.

마음을 애써 가라앉히고 역무원에게 다가갔다. "지갑을 잃어버렸습니다. 그 안에 돈과 여권이 들어 있어요." 그러고는 놀라울 정도로 차분하게 내가 타고 온 열차에 대해 설명했다.

"교토역에서 37분에 출발하는 신쾌속 열차를 탔고, 나는 맨앞 칸에 그리고 노약자석 바로 뒷자리에 앉아 있었어요."

위기 상황에 당황하지 않는 나의 침착함에 속으로 조금 감탄했다. 이렇게까지 구체적인 상황을 기억하는 이유는 교토역에서 37분 열차를 놓치지 않기 위해 계속 시계를 보며 서둘러 걸었고, 정면에 철길이 보이는 열차 맨 앞 칸에 있었다. 창문에 빗방울이 송글송글 맺혀 있는 모습과 철로의 풍경이 좋아서 사진으로 찍고 싶었는데 오늘따라 운전석에는 승무원이 셋이나 있어 찍을 수 없었던 게 아쉬웠다. 내가 앉아 있던 자리 바로 앞은 노약자석이었는데 외국인 넷이 마주 앉아 대화를 하고 있었다. 노약자석이 영어로도 적혀 있는 걸 확인하고는 빈자리도 많은데 굳이 왜 여기 앉아 있지? 하고 생각했다. 그런 사소한 기억 덕분에 내가 있던 자리를 아주 정확하게 설명할 수 있었다.

한국 대사관은 오사카 도톤보리 부근에 있다. 도톤보리라…

오늘 밤은 이왕 이렇게 된 거 별수 없이 다코야키와 맥주를 먹어야겠군. 정말 어른스러운 대처였다. 이렇게 이성적이고 빠르게 상황 판단을 할 수가 있나. 탄복하고 대견해하는 와중에 친구가 갑자기 내 손을 덥석 잡았다.

"괜찮아. 손 떨지 마."

그제야 알았다. 침착은 무슨, 눈동자며 손이며 땅이 흔들리는 것처럼 떨렸다. 심장은 당장 바깥으로 쏟아져 나올 것처럼 날뛰었다. "이거 꿈인가?" 친구는 말없이 고개를 저었다.

대사관에 전화하자 최대한 빨리 오사카로 넘어오라고 했다. 집으로 돌아가야 하는 친구와 나의 운명은 이렇게 갈렸다. 친구 여권과 공항 가는 열차 티켓을 각자 보관한 것이 유일하게 다행이었다. 해외여행이 처음이었던 친구를 눈 크게 뜨고 바라보며 "혼자 공항까지 갈 수 있지? 교토역에서 열차 한 번만 타면 돼. 이름만 잘 보고 타. 하루카야, 하루카." 나중에야 안 사실이지만 친구는 혼자 공항에 갈 자신이 없었다고 한다. 단지 내 눈이 너무 애타고 불안정해서 나를 안심시키기 위해 응, 하고 대답했을 뿐이었다.


허망하게 서 있다가. 갑자기 어허허 하고 너털웃음을 터뜨렸다가. 또 갑자기 초점 없는 눈동자로 가만히 있다가. 정신없이 역 앞을 우왕좌왕 걷다가. 그렇게 약 30분쯤 흘렀다. 역무원이 급히 불렀다. 내 지갑을 찾았고 나라에 있다고 했다.

"나라? 사슴 걸어 다니는 그 나라요?"

손으로 동물 걷는 흉내를 내며 물어보자 역무원이 맞다고 말하며 웃었다. 그제야 몸에 긴장이 풀리고 다리에 힘이 빠졌다. 눈물을 주룩주룩 흘리며 고맙습니다, 고맙습니다, 몇 번이나 말하고 곧장 나라로 향했다. 열차를 타러 가는 동안 몇 번이나 주저앉고 멈추며 계속 울었다.

이후로 여행을 가면 여권을 꼭 지갑에서 빼내 다른 곳에 꽁꽁 숨겨둔다. 그리고 혹시라도 어디에 숨겨놨는지 잊을까 봐 사진을 찍어 지인에게 알린다. 내가 여권 없어졌다고 발 동동 구르고 있으면 꼭 알려줘. 새로운 습관이 생겼다.

지갑 안에는 여권, 현금, 신용카드, 신분증이 들어 있었다. 온전하게 내 손으로 돌아왔다. 열차에서 지갑을 주워 나라역에 맡겨놓은 사람은 자기 정보를 내게 전하지 않겠다고 했다. 지금도 가끔 기도한다. 그를 위해서. 세상 모든 신의 은총과 복 받으세요.

그러고 보니 언젠가 카메라를 잃어버렸던 적도 있는데 그 또한 나라에서였다. 맥도날드 화장실에 두고 나온 걸 뒤늦게 깨닫고 달려갔더니 문 앞에서 마주친 누군가 "혹시 카메라 잃어버리셨어요?"라며 화장실에 잘 있다고 알려주었다. 정말 아무도 만진

奈良公園, Nara Park

흔적 하나 없이 고스란히 있었다. 조금 더 엮어보자면 언젠가 나라 공원에서 산책하다가 문득 '오래오래 사진을 찍는 사람이 되면 좋겠다'라는 꿈도 얻었다. 나라에서 무언가를 자꾸 찾는다. 잃어버린 것들을 아주 많이 찾아준다, 나라라는 도시가.

이왕 나라까지 왔으니 공원에 가서 사슴 먹이를 샀다. 비가 내려 한적했던 초겨울 공원에는 센베이를 나눠주는 사람이 많지 않아 우리를 노리고 다가오는 깡패 같은 사슴들이 많았다. 오늘만큼은 나라를 지켜주는 이 수호신들에게 실컷 베풀고 싶어서 사이좋게 먹이를 나눠 주고, 작은 아이들에게는 몰래 하나씩 더 줬다.

마지막으로 이날 대사관을 통해 얻은 정보를 공유하고 싶다.

긴급 상황의 경우 여권은 48시간 안에 재발급이 된다.

나처럼 돈까지 모두 잃은 경우 대사관을 통해 한국에 있는 지인 혹은 자신의 계좌에서 송금 후 인출 가능하다. 그리고 여권이랑 지갑은 꼭 분리하고, 돈은 분산해놓는 것이 안전하며, 비상용 신용카드를 꼭 가방 안주머니에 하나씩 넣어두자. 큰 가방을 들었을 때는 가방에 지갑이 안착했는지 잘 확인하자. 아니, 그냥 잃어버리지 말자. 항상 정신을 똑바로 차리자.

# 겨울의 여행이라면

개인적으로 겨울 여행은 흥미가 없다. 여름도 마찬가지다. 덥고 추운 날은 집에 가만히 있는 것이 여행보다 즐겁다고 생각한다. 그나마 여름은 녹음이라도 즐기겠지만 겨울은 앙상한 거리가 재미없고 종일 추위에 웅크린 어깨에는 무거운 통증만 남는다. 그래서인지 겨울 베개에서는 항상 파스 냄새가 났다. 어떤 날에는 온 침구에서 민트 향이 나는 듯해 눈을 감고 들이마셨다. 휴양림에라도 온 기분이군.

겨울 여행에서 유일하게 기대하는 것은 눈이 오는 일뿐이다. 다만 좀처럼 볼 수 없다는 것이 큰 흠이다. 일기예보에 비 아이콘이 그려져 있으면 몇 번이고 기온을 체크하며 눈으로 바뀔 확률이 있지는 않을지 기대한다.

부슬부슬 아침부터 비가 내렸다. 무거운 공기가 건조하고 뜨거운 히터 바람에 섞여 이불을 꽉 눌렀다. 하루가 짧게 끝날 것을 알지만 좀처럼 몸을 일으키기 힘든 날이다. 배가 고파져야만 바깥으로 나갈 용기가 생긴다. 우산을 손에 쥐고 터벅터벅 대충 걸었다. 추운 날 비까지 내리니 우산을 쥔 손이 빨갛고 딱딱하게 얼고 다리에 힘이 들어가지 않았다. 식당 근처에 도착할 때까지 몇 번이고 코트를 여미고 목도리 사이로 입과 코를 숨겼다. 바닥에 툭 하고 두툼한 물 덩어리가 떨어졌다. 빗줄기가 굵어지는 건가 싶어 고개를 들어 앞을 보았을 때, 이미 비는 옅은 눈으로 바뀌어 있었다. 잿빛의 골목이 금세 환해졌다. 송이송이는 땅에 닿자마자 물이 되어 녹아 없어졌지만 공중에 떠 있을 때만큼은 하얗게 빛났다. 언 손으로 카메라를 들고 셔터를 눌렀다. 저벅저벅 걷던 발에 힘이 생기고 골목 사이를 동동 걸어 다녔다.

점심을 먹으러 들른 카페에서는 밥과 함께 따뜻한 달걀 수프가 나왔다. 한 입 먹자 꽁꽁 얼어 있던 몸 구석구석까지 따스한 기운이 파고든다. 이제 눈도 비도 그쳤는지 창문 밖으로는 우산을 접는 사람들이 보인다. 짧은 눈비가 지나간 하늘은 여전히 흐리지만 목도리를 다시 한번 고쳐 매고 한결 포근해진 마음으로 걸었다.

추운 날이 계속 이어지고 내가 한국으로 돌아온 다음 날 함박눈이 쏟아졌다. 결국 내가 여태 본 겨울 교토의 눈 풍경은 짧게 지나간 옅은 눈이 전부다. 이후로 다음 겨울 교토 여행의 목표는 늘 '함박눈 풍경'이었지만 아직 이루지 못했다. 눈 소식이 들리면 당장 내일이라도 가겠노라 다짐했지만 살다 보니 그게 또 쉬운 일은 아니다.

눈이 소복이 쌓인 교토. 여전히 교토에서 더 보고 싶은 것이, 더 찍고 싶은 것이 있다.

# 첫사랑의 커피

"이것도 벌써 7, 8년 전이네요."

카페 벽 한쪽에 붙어 있는 사진을 보고 주인이 말했다. 종이로 인쇄한 가게 사진은 세월의 흔적이 고스란히 느껴졌다. 낡았고, 바랬다. 가게에는 손때가 묻은 오래된 것들이 많았다. 사진도 그중 하나였다. "새로 갖다줄까요?" 내가 말하자, 이대로도 좋다는 답이 돌아왔다. 사실 나도 같은 생각이었다.

니조코야에 처음 간 것은 아주 오래전의 일이다. 주차장 안쪽에 숨어 있는 카페. '니조의 작은 오두막二条小屋'.

첫눈에 반했다. 만나자마자 좋아하게 되었다. 교토에는 내가 좋아하고 아끼는 장소가 아주 많이 있지만, 그중 딱 한 군데만 고르라면 기꺼이 이곳이었다. 별도의 좌석이 없는 스탠딩바 형식

二条小屋, Nijo-koya

이라 잠시 피곤한 다리를 쉴 수 있는 곳은 아니었지만, 얼마든지 마음을 내려놓고 쉬어갈 수 있는 곳이었다. 따뜻한 커피 한 잔과 공간을 깊게 울리는 음악 소리. 그리고 차분한 분위기의 주인이 언제나 머무는 곳이었다.

주인은 재즈에 조예가 깊었다. 그때그때 상황에 따라 다양한 곡을 내놓았다. 어떤 순간에는 들어오는 손님을 보고 곡을 바꾸기도 했다. 볼륨을 높이기도, 낮추기도 했다. 그저 주인이 고른 곡의 흐름에 시간을 맡기는 일이 좋았다. 때때로 찾아오는 손님과 조곤조곤 이야기를 나누는 소리도 음악의 가사처럼 들렸다. 주인의 행동에는 언제나 부산함이 없었다. 그렇다고 느린 사람도 아니었다. 딱 적당한 템포의 움직임으로 가스에 불을 켜고, 원두를 갈고, 커피를 내렸다. 그 시간의 미묘한 긴장감이 좋았다. 어떤 음식도 이토록 가까이에서 두근거리는 기분으로 기다려본 적이 없다.


처음 가게에 사진 엽서를 주던 날, 가방에 들어 있는 봉투를 몇 번이고 만지작거리고 망설였다. 러브레터를 처음 적고 전하던 시절의 기억과 닮았을까. 거절당할 리 없는 마음을 들고도 머뭇거렸다. 주인은 몇 번이나 사진을 들여다보고는 가게 벽에 붙여놓았다. 이후로 니조코야에 갈 때마다 그 자리를 지키고 있는 내 사진을 보는 일을 좋아했다. 코로나 이후 3년 만에 다시 갔을 때,

여전히 가게에는 그 사진이 있었다. 내가 없는 동안에도, 가게 한 구석에서 자리를 지키고 있었다.

"오랜만이네요."

여러 해를 지나 다시 찾아간 날, 처음으로 긴 대화를 나눴다. 주로 여행에 관한 이야기를 했다. 프랑스나 스페인, 이런 먼 나라에 대한 것들이었다. 이국에서 마신 커피들, 좋았던 것과 싫었던 점에 대한 것들, 사소한 여행 담화를 나눴다. 서툰 언어로 경험을 공유하는 것은 색다른 기분이었다. 여행지에서, 또 다른 여행의 기억을 떠올리는 일. 작은 오두막 속에서, 낯설지만 익숙한 사람과 함께 차근차근 천천히 여행 꿈을 꾸었다.

원두를 사가고 싶다고 말하고 커피를 한 잔 더 주문했다. 가게 한쪽 벽에는 주인이 모아둔 커피 잔이 진열되어 있다. 이전부터 여러 번 보았던 것도 있고, 언젠가의 내 커피가 담겼던 컵도 있다. 늘 그중 어떤 컵에 오늘의 커피를 받을지 기대됐다. 주인이 새하얀 색의 잔을 내려놓고 따뜻하게 데웠다. 아주 얇아 쉽게 깨질 것 같은 가녀린 순백이었다. 주인이 컵을 들어 조명에 비추자 바닥에 숨어 있던 얼굴이 나왔다. 게이샤가 그려져 있었다. 교토의 컵이라며, 기꺼이 특별하고 소중한 찻잔을 내어주었다.

천천히 원두를 뜸들이고 부풀어 오르기를 기다린다. 따뜻한 물을 다시 붓고, 기다리고. 이 과정을 여느 때처럼 숨죽이고 지켜보았다. 잔은 손으로 꽉 쥐면 부서질 것처럼 여렸다. 귀중히 여

二条小屋, Nijo-koya

겨야 할 것 같은 커피 한 잔이다. 시간을 차분히 흘려보냈다. 커피를 다 마신 뒤 다시 조명에 비춰서 게이샤와 눈 맞춤을 했다.

'교토에 다시 온 걸 환영해.'

근사하고 우아한, 게이샤의 목소리가 들렸다.

니조코야는 항상 특별한 곳이다. 소박하지만 각별하다. 같은 자리에 있다는 것만으로도 마음이 놓이는 장소. 처음 교토와 사랑에 빠지던 시절의 내가 사라지지 않고 머물고 있는 곳. 문을 열 때면 여전히 기분 좋은 떨림이 따라오는, 내 첫사랑의 커피.

# 해피 크리스마스

우리가 보낸 빛나는 날들은 연말에 거리를 채운 반짝이는 것들과 닮아 있다.

하나씩 품에 담아 크리스마스 트리 위에 걸어놓는다.

행복한 빛 알맹이가 가득 모였다.

아주 작은 것들뿐이지만 세상 한구석쯤은 거뜬히 빛낼 만큼 반짝인다.

京都駅, Kyoto Station

# 울트라 역장

교토 여행이 익숙해진 후에는 근처 다른 도시로 가끔 눈을 돌렸다. 여행자 패스를 이용하면 오카야마, 히메지, 구라시키 등 다양한 도시에 방문할 수 있다. 간사이 공항에 도착해 교토행 열차 대신 와카야마和歌山로 향했다. 이 도시에는 고양이 열차, 장난감 열차, 매실 열차 등 각종 특색 있는 열차들이 많이 다닌다. 특히 딸기 그림이 장식된 이치고 열차를 꼭 타보고 싶었다.

새하얀색 열차에는 칸마다 딸기가 그려져 있고 좌석 시트마저 딸기 문양이었다. 흰 열차에 빨간색 장식은 만화에 나올 것처럼 귀엽게 어울렸다. 게다가 연말 시즌이라고 크리스마스 리스를 걸고 운행 중이었다. 사랑스러운 이치고 열차를 타고 종점인 기시역貴志駅까지 갔다. 이곳의 역장은 고양이다.

기시역은 1대 고양이 역장 다마에 이어 현재 2대 역장인 니타마가 근무를 하고 있다. 이러한 역사는 오래전 다마가 역 매점 근처에서 지내던 시절로 거슬러 올라간다. 이웃에게 예쁨을 받던 다마는 2007년 정식으로 역장에 임명되었다. 이 사실이 알려지며 다마를 보기 위해 많은 사람들이 와카야마에 찾아오고 철도를 이용했다. 홍보대사 역할을 톡톡히 해낸 다마는 표창으로 울트라 역장에 오르는 등 많은 사람들에게 사랑을 받고 지냈다. 그러다 다마가 무지개 다리를 건넜고 역 안에 다마 신사를 마련하고 명예 영구 역장으로 임명해 오래도록 기시역에 찾아오는 사람들을 맞이할 수 있게 해주었다.

2대 역장인 니타마도 이어서 철도와 와카야마를 알리는 데 힘쓰고 있다. 사장 대리까지 맡아 와카야마 지역 행사에 참석하기도 한다. 고양이 역장은 아무나 할 수 없고 몇 가지 조건을 통과해야 한다. '사람을 좋아할 것.' '모자 쓰기를 좋아할 것.' '일을 좋아할 것.'

이렇게 세 가지 기준을 통해 견습생을 뽑고, 1년의 수습 기간을 거친다. 현재는 견습 출신의 요타마와 교대 근무를 서고 있다.

고양이를 통한 도시 홍보 효과는 대단했다. 일본 내뿐만 아니라 해외 언론사들도 앞다투어 보도했다. 사회 현상에 가까운 고양이 붐을 일으킨 장본묘가 다마이기도 하다. 실제 다마가 이뤄낸 경제 효과는 약 11억 엔에 가깝다고 한다.

貴志駅, Kishi Station

기시역의 외관 또한 고양이 모양으로 지어놓았다. 고양이 귀를 닮은 지붕에는 'TAMA'라는 이름이 달려 있다. 없어질 뻔한 시골 마을의 철도를 되살린 대단한 고양이들이다.

실제로 기시역에서 본 고양이는 역의 마스코트 역할을 잘 수행하고 있었다. 다만 유명세에 뒤따르는 여러 고충을 겪는 중이었다. 플래시 금지, 다른 동물 접촉 금지 등 다양한 주의 사항이 함께 적혀 있었다. 고양이가 스트레스를 받지는 않을까 걱정이 되었는데 다행히 큰 소란 없이 다들 조용조용 니타마의 시간을 방해하지 않고 둘러보았다. 일하는 고양이의 입장을 정확하게 알기는 어렵겠지만 기시역의 고양이들은 많은 보살핌을 받고 있다. 두 역장의 성향 파악을 하고 그에 맞춘 근무 활동을 하게 한다거나, 건강이 좋지 않을 땐 치료를 받고 휴식할 수 있도록 해주고 있다.

고양이 역장의 근무 스케줄 표는 와카야마 전철 사이트에 매달 게시 중이다. 고양이 모양의 역사나 아기자기한 열차를 보러 가는 것만으로도 재미있는 투어가 되겠지만 니타마를 꼭 만나보고 싶은 사람이라면 일정을 확인 후 방문하는 것을 권한다.

# 정직한 카레

건물 벽에 커다랗게 '커피'라고 적혀 있는 카페 티롤은 커피보다는 카레가 유명하다. 런치 시간에 방문하면 가게 전체에 카레 냄새로 그득했고 넓고 빽빽한 가게는 빈자리 하나 없이 항상 문전성시였다. 꽤 서둘러 나왔는데도 이미 기다리는 줄이 길었다. 뒤에 서서 메뉴를 살펴보고 시간을 때웠다. 슬쩍 들여다본 가게 안에서 대부분의 사람들은 카레를 먹고 있었고, 간혹 샌드위치나 오므라이스를 먹는 사람들도 보였다. 점점 배고픔이 심해지며 여러 유혹이 있었지만 오늘의 목표는 오로지 카레다.

자리를 안내받고 여러 토핑 중 고심하여 돈카츠를 골랐다. 달걀 프라이를 추가하는 것을 잠시 고민했으나 그건 다음에 하기로 했다. 볼록한 카레 그릇에 밥이 소복이 쌓여 있고 그 위에

喫茶チロル, Cafe Tyrol

살포시 놓인 돈카츠, 그리고 이불 덮듯 포근하게 담긴 카레… 김이 포슬포슬 올라오는 것이 아주 따뜻하고 맛있어 보였다. 첫 입은 크게 떠서 입에 앙 하고 넣어 오물오물 씹었다. 갓 지은 밥과 뜨거운 카레에 입천장을 데일까 봐 흐읍 몇 번 숨을 들이마셨다. 이건 완벽한 조합이다. 돈카츠와 카레라니, 가장 기본 중의 기본. 정석이고 훌륭한 짝꿍이다. 아주 좋은 선택이었다.

바쁜 와중에도 친절한 직원들은 멀리서 내가 밥 먹는 속도를 놓치지 않고 체크했다. 다 먹고 숟가락을 내려놓을 때쯤 어디선가 다가와 커피를 준비할지 물었다. 기꺼이 이 식사의 마무리를 티롤의 커피로 하리라. 만족스러운 식사와 깔끔한 커피 맛에 아주 느긋한 마음으로 앉아 여운을 즐겼다.

문제는 커피를 다 마실 때쯤 발생했다. 현금 결제만 가능하다는 걸 뒤늦게 알게 됐고, 매일 사용할 현금을 나눠서 들고 다니던 나는 오늘 아침 실수로 지갑을 채우지 않았다. 카레 한 그릇을 뚝딱 해치우고 커피까지 호로록 만끽한 이후에야 이 사실을 깨달았다. 난처한 기색으로 다급하게 고민했다. 그 짧은 순간 내 머릿속에서는 경찰에 신고당하고 무전취식으로 잡혀간 뒤 어떻게 저렇게 돈은 해결하지만 영구 입국 정지 도장이 찍히는 끔찍한 모습을 떠올렸다. 그렇기 때문에 나는 최대한 간절하고 진실된 표정으로 애원하듯 말하는 수밖에 없었다.

"너무나 미안합니다. 현금이 조금 모자라요. 돈을 뽑아올게요.

내 귀중품을 모두 맡겨놓을 테니, 나를 기다려줄 수 있을까요?"

바들바들 떨며 준비한 멘트를 말했다. 주인은 별 의심하는 기색도 없이 천천히 다녀오라고 나를 내보내주었다. 배가 불러 달리는 건 쉽지 않았다. 정강이에 통증이 올 정도로 빠르게 걸어 ATM기에서 돈을 인출했다. 다시 돌아왔을 땐 머리가 모두 헝클어지고 숨을 헉헉거렸다.

"믿어줘서 너무너무 고마워요."

거의 울기 직전의 표정으로 말하자 주인은 또 오라며 웃음을 터뜨렸다. 나는 진심으로 무려 30분 동안 돌아오지 않은 나를 의심하지 않던 그 사람이 고마웠다.

그날 숙소에 돌아온 후 거울 속 내 얼굴을 골똘히 들여다보았다. 아무래도 난 도둑처럼 보이는 인상은 아닌 것 같아 다행이다. 그 후로도 한참동안 비슷한 생각을 했다. 정직해 보이는 걸까, 착하게 생긴 걸까. 내가 생각하는 것보다 내 인상은 훨씬 더 좋을지도 몰라. 카레 한 그릇과 날 믿어준 주인의 신의가 자기 칭찬의 장을 열어준다. 이렇게나 고마울 수가. 어쩌면 그녀는 고작 생김새로 사람을 평가하는 부류는 아닐지도 모른다. 하지만 그런 건 아무래도 좋았다. 나는 그날 정직하고 착하게 생긴 나 자신에게 감사해하다 잠이 들었다.

喫茶チロル, Cafe Tyrol

- SORTIE -

# 새 일기장을 사야겠어

일기 쓰는 일은 좋아하지만 가끔 지겨울 때가 있다. 하루 일과와 감정을 늘어놓는 일마저 간혹 질려버린다. 내 일기는 가끔 남에게 보여주고 가끔은 아무에게도 보여줄 수 없는 것들로 채워진다. 거기에는 반복되는 일과 감정이 대부분이고 가끔은 그 모든 게 다 지긋지긋하다.

이 증상에는 치료약이 딱 하나 있다.

바로 새 노트를 사는 것.

다시 말하자면 일기와 일상에 질린 것이 아니라 손때 묻은 노트에 질렸을 가능성이 더 크다. 비슷한 하루는 있어도 같은 하루는 있을 리 없는 세상에서 하루하루가 질린다는 건 이해하기 어렵다. 같은 패턴으로 사는 사람도 매일 다른 옷을 입고 출근하고, 새로 산 양말이 마음에 들어 종일 힐긋 쳐다봤다거나, 오래된 구두를 이제는 보내줄 때가 됐다고 생각하거나, 매일 가던 카페에서 오늘은 아메리카노 대신 바닐라 라테를 고른 날도 있다. 일정하고 규칙적인 삶에도 분명 한두 가지의 변수는 존재한다. 그러니 결국 질리는 것은 일상이 아니라 일기장일 것이다, 라고 처방을 내려본다.

나의 방앗간은 로프트와 도큐핸즈다. 마치 서울에서 약속까지 아직 시간이 남아 교보문고에 들러 문구 코너만 주구장창 보고 나오는 것처럼, 그냥 지나치지 못하고 잠깐이라도 신상품 구경을 하러 들어간다. 질린 노트에 새로운 스티커를 붙이거나, 포스트잇을 활용해 새로운 구성으로 적어보는 것도 좋다. 펜이 이미 100자루는 있지만 새로운 펜을 참는 일은 손톱 아래를 초조하게 꾹꾹 눌러대도 쉽지 않다. 스르륵 넘겨본 새 노트의 재질이나 크기가 마음에 들면 그때부터는 난처해진다. 이걸 사야 하나, 말아야 하나. 사실 이 고민은 예의상 하는 것뿐이다.


구김 없는 노트를 힘을 주어 바르게 펴본다. 새로 사 온 일기장에는 우선 시작하는 날짜를 적는다. 아무도 밟지 않은 눈길을 걸을 때처럼 조심스럽게 펜으로 글씨 자국을 남긴다.

며칠간은 일기 쓰는 일이 더 설레겠다. 해가 바뀔 때까지 쓰겠노라 결심하지만 지킬 가능성이 크지 않다는 걸 실은 알고 있다. 세상에 운명의 노트는 아마 천 권쯤 있을 것이라고 믿는다.

질리지 않기를 바라지만 질린다면 얼마든지 새 운명을 찾아 나서겠다. 그렇게라도 기록할 수 있다면. 더 촘촘하고, 치열하게 하루하루를 남길 수 있다면야. 운명 할아버지라도 모두 사도 괜찮지 않을까.

# 마이 북

노트 욕심녀임을 스스로 밝혔지만, 그런 나에게도 고귀하고 특별한 노트가 생겼다.

작은 문고본을 본떠서 만든 이 다이어리는 다른 군더더기 하나 없이 책의 형태만을 목적으로 하고 있다. 저자란에는 자신의 이름을 적을 수 있고, 깨끗하게 비어 있는 페이지 상단에는 날짜만 가볍게 기입되어 있다. 페이지를 어떤 식으로 쓸지는 나의 선택이다. 일기를 적어도 좋고 매일 먹는 식사 기록이나 좋았던 책 구절의 필사 등 영감의 노트로 써도 좋을 것이다. 1년을 가득 채운다면 그 어떤 책보다 소중한 나의 기록물, 나의 책을 완성할 수 있게 된다.

이름도 '마이 북' 나의 책.

계획은 정하고 구체화하는 것만으로도 나를 어딘가 올바른 길로 갈 수 있도록 해준다. 기분 좋은 상상만큼 희망으로 부푸는 일은 없을 것이다. 이 노트는 어쩐지 연필로 적고 싶다. 사각사각 연필이 종이에 닿는 소리를 들으며 매일의 이야기를 적어 한 권을 가득 채우는 상상을 했다. 책장에 차곡차곡 해마다의 '마이 북'이 쌓이는 모습을 떠올렸다. 이건 내 10년짜리 플랜이니까 모쪼록 변덕이 생기지 않기만을 바라며.

# 모두의 안녕과 행복

정월 쇼가쓰는 1월 1일 새해를 맞이한 일본의 큰 명절 중 하나다. 새해에 나누는 인사가 우리나라의 문화와는 조금 다르다. '새해 복 많이 받으세요'라고 말하는 것이 보통인 한국과 달리 일본에서는 '새해를 맞은 것을 축하합니다'라고 표현한다. 우리나라에서도 자주 쓰는 '근하신년'은 일본어 유래의 사자성어라고 한다.

12월 31일 오후 비행기로 교토에 느지막이 도착했다. 맥주한 캔을 사고 새로 산 다이어리를 개시했다. 교토에서 시작하는 새 노트와 신년. 좋아하는 도시에서 새로운 해를 맞이하기. 한 번쯤 경험해보고 싶은 일이었다. 하지만 다음 날, 셔터를 모두 내린 거리에 허망하게 혼자 서 있는 경험을 할 줄은 조금도 예상하지 못했다. 큰 명절이라는 말이 긴 연휴와 같은 뜻이라는 것을 그때 왜 미리 알아차리지 못한 걸까.

    1월 1일은 여행자에게 있어서 정말 처참한 날이다. 문을 연 식당을 찾기도 쉽지 않아 365일 24시간 영업하는 라멘집을 찾아갔다. 속도 모르고 맛있던 라멘 덕분에 그나마 맘이 풀렸지만 이후로 며칠간 문 연 가게를 찾아 헤매는 여행을 했다. 그마저도 사람이 몰려 어디든 한참을 기다려야 했다. 백화점 식당가가 문을 연 날에는 온 교토의 여행자가 식사를 하러 모인 것 같았다. 두 시간을 기다려 먹은 밥은, 지쳐서 그런지 더 맛있었다. 밥이라도 잘 먹어서 다행이었다.

    여행을 망쳤다는 말을 잘 쓰지 않는 편이다. 그렇게 생각해 버리는 순간 이 모든 시간과 비용이 한꺼번에 물거품처럼 사라지는 기분이 든다. 그야말로 망한 느낌에 사로잡힌다. 그러니 아무리 뜻대로 풀리지 않는 여행이라도 집에 돌아가는 길에는 '좋은 여행이었다'라는 말로 정리한다. 돌아서면 다 그리운 법이니까. 실제로 엉망진창이었던 날들마저 다 그립다고 말하기도 하니까. 하지만 새해 초 교토에서의 날들은, 인정하지 않을 수 없이 망한 여행이었다. 매일 저녁 해야 했던 일이 '내일 문 여는 카페 찾기'였다. 모든 동선은 영업하는 가게를 기준으로 모조리 변경했다. 쉽지 않은 날들이었다.

    며칠이 지나 가게들이 하나둘씩 문을 열었고, 거리는 신년

鈴虫寺, Suzumushi-dera

분위기로 넘쳤다. 아라시야마 근처에 있는 스즈무시데라는 이름처럼(스즈무시鈴虫는 방울벌레라는 뜻) 방울벌레 소리를 언제든지 들을 수 있고, 소원을 이루어준다는 효험이 입소문을 탄 곳이다. 이곳의 경우 그냥 '이루어준다'가 아닌 '무조건' 이루어준다, '반드시' 이루어준다고 말한다. 1년 내내 붐비지만 이맘때면 새해 소망을 빌려는 사람들로 더 문전성시를 이룬다.

겨울의 방문은 극한에 가까웠다. 산기슭의 신사는 너무나 추웠고, 몸을 꽁꽁 싸매고 한 시간 가까이 서서 기다렸다. 내 뒤로도 사람들은 계속 늘어났다. 기다리면 기다릴수록 오늘 비는 소원은 꼭 이룰 수 있을 것 같은 예감이 들었다.

차례가 되면 수십 명의 사람들을 강당에 앉히고 스님이 설법을 시작한다. 대부분 알아듣기 힘든 이야기지만 시기에 걸맞은 좋은 말씀을 해주는 듯했다. 새해를 시작하는 마음가짐에 대한 이야기들이 종종 들렸다. 강당 안에는 수천 마리의 방울벌레를 키우고 있었다. 조그마한 방울 몇 개가 서로 부딪히는 소리처럼, 작은 호루라기 소리처럼, 경쾌한 울음소리가 가득했다.

30분 가까운 설법이 끝나고 직원의 안내에 따라 일사불란하게 움직였다. 사람들은 모두 한 방향으로 갔다. 부적을 파는 곳에서 다들 비슷한 걸 집었다. '행복 지장보살의 오마모리.'

스즈무시데라의 소원 빌기는 몇 가지 규칙이 있다.

1. 집주소와 이름을 말하며 빌 것.

신이 내가 사는 곳으로 찾아와 소원을 이루어준다고 한다.

2. 단 하나의 소원만 말할 것.

'반드시' 이루어주기 때문에 한 사람당 단 하나만 빌 수 있다.

하나만 빌라니 소원 부자에게는 가혹하지만 시키는 대로 최대한 많은 뜻을 내포해 한 줄 요약해본다. 우리 집 주소도 함께 불렀다. 부디 먼 곳까지 잘 와주시기를. 부적은 새 다이어리 뒷장에 끼워두었다.

저녁에 들른 가게에서는 신년주를 한 잔 받았다. 편백나무 잔에 담긴 술은 목 넘김이 가벼웠고 나무 향이 함께 느껴졌다. 새해에 마시는 술은 액운을 없애주고 복을 불러다 준다고 한다. 마지막 한 모금을 마시며 다시 또 좋은 한 해를 기원했다.

새해에는 안녕과 행복을 기원할 일이 넘친다. 좀처럼 전하지 않았던 안부를 주고받을 일도 많다. 어제의 일을 잊고 새로운 오늘을 시작하자. 그럴 수 있도록 온 세상이 응원해주는 날들이다.

# 별 숲

여행이 끝나가는 비행기에서 늘 같은 음악을 듣는다.
영화 〈러빙 빈센트〉의 엔딩 곡 〈Starry starry night〉.

별이 빛나는 밤에. 파랑색과 녹색으로 당신의 팔레트를 칠해요. 여름날을 바라보아요. 내 속의 어둠에 대해 알고 있는 눈으로. 언덕 위 그늘에서 나무와 수선화를 스케치하고 찬바람과 겨울의 한기도 표현해봐요.

하얀 식탁보처럼 눈 내린 것 같은 도화지 위에서.

Starry starry night.

# 우리가 보낸 계절

계절이 찾아오는 일 앞에서 나는 그저 스치고 사라지는 찰나의 존재가 된다. 나를 둘러싸고 일어나는 사사로운 것들과는 아무 상관없이 꽃은 피고 초록은 물들며 단풍이 지고 눈이 내린다. 이 단순하고 당연한 사실은 생에서 가장 감사한 일이며 앞으로 나아갈 수 있는 원동력이 되어준다. 네 개의 계절을 하염없이 보내며 종종 어릴 때 꿈꾸던 어른의 모습을 떠올린다. 집이 있고, 남편과 나를 닮은 작은 아이. 차를 운전해 어디론가 함께 떠나는 주말. 이 중 무엇 하나 갖지 못하고 이루지 못했다. 하지만 봄날 강변의 공원을 걷다 보면 분명 지금과 같은 삶도 내 꿈의 몇 페이지에 짧게 적혀 있었을 것이라는 생각이 든다. 사계절을 오롯이 바라보고 지내는 일. 아름다운 도시를 익숙하게 걷는 일. 문득문득 마주치는 순간을 끊임없이 사랑하는 일. 한 번도 빠짐없이 마음이 일렁이는 일.

서울에서 태어났고 쭉 서울에서 살았지만 교토에서 나는 한 뼘 자랐다. 교토는 내 성장통을 고스란히 품어주었고 여전히 나를 키우고 있다. 부드럽게 보듬고 온화한 품을 내어준다. 여행이 모이고 모여 버팀목과 돌파구가 되기까지, 삶에 대한 태도를 스스로 결정하기까지. 모든 순간을 교토에서 보냈다. 계절이 주는 기회를 놓치지 않고 온전히 만끽하며.

나는 이 먼 곳의 무엇도 아니지만 여기에 나의 이룬 꿈 하나를 심어놓는다.

# 겨울날의 여행지

## 철학의 길

### 아오오니기리青おにぎり
교토에서 가장 유명한 주먹밥집. 이전에는 홀 운영을 했지만 현재는 테이크아웃과 거리 판매만을 하고 있다. 가게 인스타그램을 통해 당일 오전 거리 판매 위치를 공개한다.
京都市左京区浄土寺下南田町39

### 월드커피ワールドコーヒー 白川本店
옛날 호텔 라운지 같은 클래식한 인테리어가 돋보이는 카페. 오전 7시부터 아침 영업을 시작하기 때문에 하루를 시작하는 간단한 조식을 먹기 좋다.
京都市左京区北白川久保田町1

### 호넨인法然院
철학의 길 언덕 위에 위치한 작은 절. 규모는 크지 않지만 한적하고 조용한 멋이 있다. 특히 입구의 짧은 대나무 길과 숲길이 아름답다.
京都市左京区鹿ケ谷御所ノ段町30番地

**호호호자**ホホホ座 浄土寺店

작고 귀여운 서점. 책과 잡화를 판매하는 곳이다. 교토와 관련된 매거진 등을 모아놓고, 여러 가지 테마의 제품을 볼 수 있다. 인근 지도와 무료로 배부하는 광고지 등 다양한 볼거리가 있다.

京都市左京区浄土寺馬場町71

**GOSPEL**ゴスペル

오래된 양옥을 보존해 운영하는 곳. 유럽 찻집에 온 듯한 고풍스러운 분위기와 그에 어울리는 식기를 사용한다. 영국식 스콘 맛이 좋고, 식사 메뉴 또한 인기 있다.

京都市左京区浄土寺上南田町36-36 GOSPEL

**하쿠사손소·하시모토 간세쓰 기념관**白沙村荘·橋本関雪記念館

화가 하시모토의 저택과 작품, 소장품 등을 전시해놓은 기념관. 건물 내부에서 정원을 들여다보며 다과나 식사를 즐길 수 있다. (사전 예약 필요!)

京都市左京区浄土寺石橋町37

**깃사 와카오지**純喫茶若王子

2000년대 초반 폐업한 카페 자리. 가게는 남아 있지 않지만 이 부근은 고양이들이 자주 찾는 쉼터이기도 하다. 현재는 개체수가 많이 줄었지만 여전히 고양이를 사랑하는 사람들이 찾아오는 곳이다.

京都市左京区若王子町5-2


**따뜻한 커피 한 잔**


**깃사 티롤**喫茶チロル

일본을 대표하는 경양식. 오므라이스, 나폴리탄, 카레라이스 모두 집에

서 먹는 듯 편안하고 맛있다. 특히 원하는 토핑을 마음껏 올릴 수 있는
카레가 가장 인기가 좋다.
京都市中京区門前町５３９－３

## 카페 니조코야二条小屋
골목 주차장 안쪽에 숨어 있는 작은 카페. 스탠딩바 형태이기 때문에
앉아서 쉬어갈 수는 없지만 잠시 맛있는 커피로 여유를 느끼기에는 충
분하다.
京都市中京区最上町３８２－３

## 이노다 커피 본점イノダコーヒ 本店
교토 커피 역사의 중심에 서 있는 카페 중 하나. 오전부터 식사 메뉴를
함께 판매한다. 특유의 진한 커피맛이 매력적이다. 다양한 원두를 사용
하기 때문에 취향에 맞는 커피를 찾아보는 것도 좋을 것이다.
京都市中京区道祐町１４０

## 카페 모쿠렌cafe MOKUREN
가정집을 개조한 카페 공간. 다다미에 신발을 벗고 올라가 편안하게 쉬
는 시간을 가질 수 있다. 깨끗하게 관리된 내부와 따뜻한 분위기가 장
점이다.
京都市伏見区表町５８２－６

## 오가와 커피 사카이마치점Nishiki 小川珈琲 堺町錦店
가장 현대적이고 세련된 일본식 인테리어라고 불러도 좋을 카페. 식사
메뉴의 이름이 다소 어렵다. 원하는 메뉴가 별도로 있을 경우 사진과
함께 확인하는 것이 가장 정확하다.
京都市中京区堺町通錦小路上る菊屋町５１９－１

### 클램프 커피 사라사Clamp Coffee Sarasa

도심 속 골목길에서 보는 숲 뷰. 창을 가득 채운 넝쿨이 바깥세상과 단절되고 다른 곳에 와 있는 느낌을 준다. 같은 건물 내에 주방용품점, 꽃집 등이 함께 있어 둘러보기 좋다.

京都市中京区西ノ京職司町６７−３８

### 다카기야 커피 클럽高木屋

허름하고 진입이 쉽지 않아 보이는 외관과 달리 문을 열면 정겹고 차분한 공간이 기다리고 있다. 가볍게 먹기 좋은 모닝 세트가 알차고, 가격도 다른 카페에 비해 저렴한 편이다.

京都市東山区東町２４１

### 깃사 미喫茶me

도쿄 긴자의 유명 카페 '깃사 유'의 교토 지점. 오므라이스와 나폴리탄, 카페와 음료 메뉴만 판매하고 있다. 잘 꾸며놓은 레트로한 분위기와 오래된 일본 가요가 잘 어울리는 장소.

京都市左京区岡崎成勝寺町１−８

## 교토 근교 여행, 오쓰

### 오쓰 비와코大津 琵琶湖

세계에서 가장 오래된 호수 중 하나인 비와코. 보트투어, 레저스포츠, 해수욕장 등 바다 못지않은 놀거리와 절경을 가지고 있다. 교토에서는 시내 기준 약 30분 정도 걸리고 대중교통으로 편리하게 이동할 수 있다.

**옛 지쿠린인**旧竹林院
반영 풍경으로 유명한 다른 정원들처럼 반사가 되는 테이블이 있는 작
은 정원. 많이 알려지지 않아 사람이 적고 소규모지만 정성껏 손질한
정원과 건물이 볼 만하다.
滋賀県大津市坂本5丁目2-13

**히요시타이샤**日吉大社
혼잡한 시기의 교토 여행에 지쳤다면 오쓰를 대표하는 히요시타이샤
에 방문하는 것을 추천한다. 산기슭에 위치해 광대한 자연을 배경으로
하고 있고, 사계절 내내 계절의 풍경과 고즈넉한 신사의 분위기를 느낄
수 있다.
滋賀県大津市坂本5丁目1-1

**비와코 소수**琵琶湖第1疏水
벚꽃 명소에 자주 등장하는 소수는 비와코에서 교토로 물을 실어 나르
는 길을 뜻한다. 1호 소수 또한 오쓰에서 가장 거대한 벚꽃 명소로 계절
마다 다양한 강 길의 풍경을 볼 수 있다.
滋賀県大津市三井寺町7

**나기사 공원**なぎさ公園
호수를 마주하고 있는 작은 규모의 공원. 곳곳에 뷰를 만끽할 수 있는
카페가 있어 잠시 다녀가기 좋다. 특히 겨울에는 눈이 옅게 쌓인 산 풍
경이 함께 보여 더욱 멋있다.
滋賀県大津市浜大津13

## 교토 근교 여행, 나라

### 가스가타이샤春日大社
세계문화유산에도 등재된 나라 공원 내의 신사. 공원 초입에서 꽤 떨어져 있어 한참 걸어와야 한다. 한결 차분해진 숲길의 분위기와 사슴들, 그리고 주홍빛 신사의 기둥이 인상적인 곳. 계절이 바뀌는 것을 기리는 2월 절분에는 신사 내 3,000개의 등불에 불을 켜는 행사를 하고 있다.
奈良県奈良市春日野町160

### 나라마치 고시의 집ならまち格子の家,
### 나라마치 니기와이의 집奈良町にぎわいの家
나라 전통 거리인 나라마치에 위치한 장소. 두 곳 모두 입구가 좁고 긴 형태의 '장어의 침상'이라고 불리는 건축 양식을 가지고 있다. 오래전 나라 사람들의 생활을 직접 느껴보고 체험할 수 있도록 방문객에게 무료로 개방 중이다. 그뿐 아니라 마을 지도나 화장실 이용 등 편의시설로의 역할도 하고 있어 부담 없이 방문하기 좋다.
奈良県奈良市元興寺町44, 奈良県奈良市中新屋町5

### COTO MONOコトモノ
나라 지역 특색을 살린 문구 숍. 불상 모양의 클립이나 마스킹 테이프, 사슴이 새겨진 각종 굿즈를 살 수 있다. 문구를 좋아하는 사람이라면 나라에서 놓치지 말고 꼭 방문해야 하는 곳이다.

### 카나타코나타canataconata
상점가에 위치한 양초 숍. 특히 사슴 모양의 캔들이 주력 상품이다. 사슴뿐 아니라 다양한 동물 모양과 아기자기한 아이디어의 캔들이 많아 기념품 사기 좋다.
奈良県奈良市元林院町35

고도의 햇살을 간직해 -☼-

**초판 1쇄 인쇄**  2024년 3월 27일
**초판 1쇄 발행**  2024년 4월 3일

**지은이** 현봄이
**펴낸이** 최순영

**출판1본부장**  한수미
**와이즈 팀장**  장보라
**편집** 김혜영
**디자인** 형태와내용사이

**펴낸곳** ㈜위즈덤하우스  **출판등록** 2000년 5월 23일 제13-1071호
**주소**  서울특별시 마포구 양화로 19 합정오피스빌딩 17층
**전화**  02) 2179-5600  **홈페이지** www.wisdomhouse.co.kr

ⓒ 현봄이, 2024

**ISBN** 979-11-7171-173-4  03810

· 이 책의 전부 또는 일부 내용을 재사용하려면 반드시 사전에 저작권자와 ㈜위즈덤하우스의 동
  의를 받아야 합니다.
· 인쇄·제작 및 유통상의 파본 도서는 구입하신 서점에서 바꿔드립니다.
· 책값은 뒤표지에 있습니다.